SARAH WHITE

MILLE PEZZI DI TE E DI ME

Traduzione di Federica Ressi

W0212733

DeA

Titolo originale: *Our Broken Pieces*
Traduzione dall'inglese: Federica Ressi

Testo © Sarah White, 2017
All rights reserved
Published by arrangement with Harper Collins Publishers

Per l'edizione italiana © 2017 DeA Planeta Libri S.r.l.
Redazione: via Inverigo, 2 - 20151, Milano

www.deagostinilibri.it

Questa è un'opera di fantasia. Nomi, personaggi, luoghi e avvenimenti sono il frutto dell'immaginazione dell'autore o sono usati in chiave fittizia. Qualsiasi somiglianza con persone realmente esistite, fatti o località reali è puramente casuale.

Tutti i diritti sono riservati. Nessuna parte di questo volume può essere riprodotta, memorizzata o trasmessa in alcuna forma o con alcun mezzo, elettronico, meccanico, in fotocopia, in disco o in altro modo, compresi cinema, radio, televisione, senza autorizzazione scritta dell'Editore.

Le fotocopie per uso personale del lettore possono essere effettuate nei limiti del 15% di ciascun volume/ fascicolo di periodico dietro pagamento alla SIAE del compenso previsto dall'art. 68, commi 4 e 5, della legge 22 aprile 1941 n. 633.

Le riproduzioni effettuate per finalità di carattere professionale, economico o commerciale o comunque per uso diverso da quello personale possono essere effettuate a seguito di specifica autorizzazione rilasciata da CLEARedi, corso di Porta Romana, 108 - 20122 Milano, e-mail info@clearedi.org e sito web www.clearedi.org

Stampa: PuntoWeb s.r.l., Ariccia 2017

A Daniel, Jacob e Joshua.
Per il resto della vita, tutto quello che farò in un certo senso sarà dedicato a voi.

A Ed Sheeran.
La tua musica è la colonna sonora di tantissime mie storie… soprattutto di questa.

A quanti si trovano su inesorabili montagne russe… e a chi decide di salire accanto a loro: cerchiamo di capire come restare saldi a bordo.

1

Non me ne frega niente. Espiro lentamente, sentendo il fiato incagliarsi in un singhiozzo prima di sfuggire di colpo dalle labbra salate. Le lacrime non vogliono saperne di fermarsi, anche se saranno almeno cinque minuti che tengo gli occhi chiusi. Vederli insieme mi riduce così ogni volta, ma preferisco nascondermi qui dentro piuttosto di farmi vedere in questo stato da loro. Il freddo delle mattonelle in questo vecchio gabinetto disgustoso comincia a insinuarsi attraverso la felpa e mi stringo le ginocchia al petto mentre cerco ancora una volta di fare un bel respiro profondo.

Non riesco a crederci. Per quanto cerchi di evitarla, la coppietta felice sbuca sempre in corridoio quando meno me lo aspetto. Appoggiando la testa contro il muro cerco di scacciare il ricordo dell'ultima volta che ho incrociato Elle e Brady. Speravo di scampare alle loro effusioni in pubblico sgattaiolando a biologia attraverso il corridoio accanto alla mensa, e ce l'avevo quasi fatta quando sono sbucati fuori mano nella mano.

È passato un sacco di tempo da quando Brady guardava me come adesso guarda Elle. Ha le labbra curvate in un lieve sorriso e gli occhi imbambolati, come se stesse contemplando qualcosa di sensazionale. Una volta lo giustificavo dicendo che non mi guardava più così perché la nostra storia si era fatta più matura. Mi sono illusa che l'interesse per me si fosse affievolito perché ormai sapevamo troppo l'uno dell'altra. Adesso mi rendo conto che sono stati parecchi i segnali che lui non mi amava più, ma io non ho mai veramente voluto aprire gli occhi per vederli. Quando poi è capitato che dessi voce alle mie preoccupazioni sul comportamento di Brady la mia migliore amica mi aveva tranquillizzato dicendo che mi stavo immaginando tutto.

Elle e io ci siamo conosciute il primo giorno di scuola elementare. Le si era incastrata la coda nella cerniera dello zainetto e ho dovuto accompagnarla in direzione. Per tutto il tempo ho cercato di farla ridere per non pensare all'eventualità che dovessero tagliarle i capelli, e quando siamo arrivate in fondo al corridoio ci eravamo già messe d'accordo per giocare insieme. Da allora è sempre stata la mia migliore amica. Quando eravamo piccole, il venerdì sera l'una dormiva sempre a casa dell'altra, e quando siamo diventate più grandi ci siamo sempre preparate insieme per andare a una festa. Sono stata la prima persona cui ha raccontato che i suoi stavano per divorziare, ed è con lei che mi sono confidata quando abbiamo saputo che la nonna aveva il cancro. La sera che Brady ha detto di amarmi, l'ho chiamata non appena sono rientrata a casa. Era proprio con lei che avrei voluto parlare quando Brady mi ha spezzato il cuore.

Il tradimento è stato un fulmine a ciel sereno. Se non avessi visto tutto con i miei occhi non avrei mai creduto che proprio loro due, il mio ragazzo e la mia migliore amica, potessero farmi soffrire tanto. Ancora mi chiedo come sarebbe andata se quella mattina di due settimane fa non avessi lasciato la felpa in macchina. Mancavano solo dieci minuti alla campanella, e non avrei avuto modo di recuperarla prima di pranzo. Il pickup di Brady era posteggiato a qualche metro dalla mia macchina e sentivo la musica che usciva dai finestrini aperti, così dopo aver preso la felpa sono andata da lui e ho sbirciato dentro, pensando che stesse radunando l'attrezzatura da football. E invece l'ho trovato a pomiciare con la mia migliore amica!

Solo a ricordare quel momento nel parcheggio mi viene il voltastomaco. E non hanno nemmeno cercato di fare le cose con discrezione. Chiunque avrebbe potuto vederli. Sono rimasta lì, senza parole, a guardarli buttare via interi anni di amicizia sul sedile posteriore. Non ricordo cos'ho detto per attirare la loro attenzione, ma so di essere tornata alla mia macchina con le gambe che quasi non mi reggevano. Era come se stessi guardando un film… il mio corpo era completamente disconnesso dalla mente. Quando ho parcheggiato nel mio vialetto, dopo la scuola, nel mio cervello si affollavano milioni di domande: da quanto andava avanti questa storia? E chi altro lo sapeva?

Se qualche settimana prima mi avessero detto una cosa del genere, non avrei creduto a una sola parola. A dir la verità, nessuno ci avrebbe creduto. Sono la classica ragazza che vuole avere sempre tutto sotto controllo. Prima che io e Brady ci lasciassimo, non avrei mai pianto a scuola né mi sarei comportata in modo tale da far sospettare ben altri problemi a parte posticipare il coprifuoco imposto dai miei. Ovviamente non era così… ma nessuno lo sapeva a parte Elle. Adesso, però, se mi vedessero seduta per terra in bagno a piangere, non credo che i miei compagni penserebbero che ho tutto sotto controllo.

Sento la campanella della quinta ora, ma non me ne frega niente. Non ci torno in classe oggi. Voglio solo starmene qui finché non avrò la certezza che i corridoi siano deserti, poi andrò in infermeria a dire che ho mal di stomaco. In un certo senso so che è un bene per me vederli insieme. Se li vedo abbastanza spesso, prima o poi mi abituerò all'idea e non sentirò più il bisogno di accoccolarmi in posizione fetale nel bagno della scuola. Spero davvero che sia così, ma per il momento ogni volta che li incontro mi si spezza il cuore e mi viene da vomitare. Li avrò visti insieme una decina di volte e il dolore che sento non è di certo diminuito d'intensità.

L'infermiera si beve la mia storia e mi permette di chiamare mia madre. Lei risponde e sospira pesantemente al telefono. «Devi vedere Laura oggi?»

«Sì, alle quattro.»

«Okay, passami di nuovo l'infermiera, ma promettimi che parlerai con Laura di quello che è successo. Sono preoccupata per te. Hai preso un impegno per fare volontariato alla casa di riposo e so che non ci sei più andata. Non vai nemmeno più a correre, non chiami mai le tue amiche e adesso salti anche la scuola.» Sento la segretaria di mamma in sottofondo, che le annuncia l'arrivo del paziente successivo.

«Promesso.» Non doveva nemmeno chiedermelo, a Laura avrei raccontato tutto comunque. Magari lei ha qualche trucco da suggerirmi che mi impedisca di perdere il controllo ogni volta che li vedo. Sotto sotto, voglio ancora essere quella ragazza che scherza con le amiche in corridoio; mi accontenterei persino di essere il tipo che si fa venire gli attacchi di panico per i corsi avanzati o la compilazione dei moduli di ammissione al college, come mi succedeva all'inizio dell'anno.

L'infermiera mi firma il permesso per uscire prima e io vado dritta alla mia macchina. Mancano due ore al mio appuntamento con Laura, ma decido di arrivare prima e mettermi a leggere. Il suo studio è in un vecchio stabile e la sala d'attesa è in comune con altri terapisti. Al momento è uno dei posti che preferisco perché lì nessuno si aspetta che io stia bene. Da due settimane ormai è come se la mia famiglia stesse trattenendo il respiro. Aspettano tutti che mi lasci questa storia alle spalle, e mi odio perché li sto deludendo.

La prima volta che mi sono seduta sul divano di Laura, non mi andava di parlare con lei. Ero un tantino in imbarazzo perché non riuscivo a controllare gli attacchi di panico da sola. La mamma ha pensato che mi sarebbe servito sfogarmi con qualcuno di esterno ogni settimana. Non mi aspettavo che lei mi andasse a genio, ma a un certo punto, tra l'istante in cui mia madre ci ha lasciate sole e il fruscio della penna di Laura sull'agenda per fissare un altro appuntamento, ho pensato che fosse una persona a posto.

In auto, diretta verso il suo studio, non posso fare a meno di ripetermi quanto possa sembrare grande Los Angeles, distesa lungo la costa per miglia e miglia, eppure in un modo o nell'altro è impossibile andare da qualunque parte senza che mi riaffiori nella mente un ricordo di Brady ed Elle e quanto ci siamo divertiti tutti e tre insieme. Come volevasi dimostrare, noto che ho appena superato il chiosco di hamburger dove lui mi ha portato per il nostro primo appuntamento. Ero così eccitata quando mi ha chiesto di uscire. Eravamo al secondo anno, lavoravamo in coppia nell'ora di scienze, e anche se avevamo flirtato durante ogni ora di laboratorio, non avevo mai pensato che volesse che il nostro rapporto andasse al di là di quello. Alla fine del primo semestre eravamo già una perfetta coppia di fidanzatini del liceo. Siamo tornati in quel chiosco proprio un paio di settimane fa per festeggiare l'ammissione di entrambi alla UCLA.

Faccio del mio meglio per scacciare quel ricordo mentre entro nel parcheggio davanti allo studio di Laura. Lascio lo zaino in macchina ma prendo il mio libro, e mi incammino verso la calma rassicurante della sala d'aspetto. Il mio posto preferito sul divano è libero e vi poso il libro prima di prendere la chiave del bagno appesa alla parete accanto alla reception. Se aspetto ancora un po' rischio di trovare la coda dei pazienti in uscita. Mentre percorro il corridoio sento arrivare un SMS.

HEATHER: Elle mi ha detto cosa pensi davvero di me. Non riesco a credere di essermi fidata di te.

Sento un nodo formarsi alla bocca dello stomaco. È tutta la settimana che va avanti così. Elle e io siamo state amiche per talmente tanti anni che ci siamo raccontate tutto. Pensavo di potermi fidare di lei, anche se abbiamo litigato, ma sto imparando in fretta che non terrà i miei segreti per sé quando può usarli per spingere le nostre amiche a schierarsi dalla sua parte.

Heather è il genere di ragazza il cui unico scopo nella vita è divertirsi. Quando non organizza feste a casa sua approfittando dell'assenza dei genitori, cerca di reclutarci tutte per una spedizione di mezzanotte al McDrive. E anche se non eravamo molto unite, perlomeno siamo sempre andate d'accordo. Non so cosa possa averle detto Elle, ma di due cose sono certa: 1) probabilmente si è trattato di un commento estemporaneo che non rispecchia minimamente quello che penso di lei e 2) non deve essere stato un complimento.

IO: Non so di che parli.

HEATHER: Se credi che io sia un'impicciona potevi anche dirmelo in faccia.

IO: Non ricordo di averti dato dell'impicciona. Non volevo ferire i tuoi sentimenti. Ma tu non sei stata una santa. Sapevi di Elle e Brady e non me lo hai detto.

HEATHER: Non erano affari miei! E poi sono più amica di Elle che tua.

Fisso il telefono per un istante, combattuta tra rabbia e tristezza. Il fatto che tantissimi nostri amici sapessero di loro due e io no mi fa star male. Non solo nessuno di loro mi ha detto cosa stava succedendo, ma adesso che Elle e Brady stanno ufficialmente insieme tutti si aspettano che io mi comporti come se niente fosse. Non è che faccia i salti di gioia sapendo che a loro non importa nulla di come mi sento. Infilo il telefono in tasca e apro la porta del bagno.

Lo specchio sopra il lavandino è scheggiato, ma il mio riflesso appare comunque esausto e affranto. Inumidisco una salvietta di carta e me la passo sul viso, lasciandola per circa un minuto sugli occhi prima di gettarla nella spazzatura. I miei capelli castani sono un groviglio arruffato dopo aver guidato con il finestrino abbassato, e anche se so che Laura non vi darà importanza cerco di pettinarli meglio che posso con le dita.

La sala d'aspetto è deserta quando mi siedo sul divano e apro il libro. Cerco di concentrarmi sulla storia, ma i pensieri continuano ad affollarmi la mente e devo cominciare la pagina da capo. La musica di sottofondo è soft jazz, il genere che si sente solo nelle sale d'attesa, negli ascensori e negli studi medici. Sento le palpebre pesanti. Mi arrendo e chiudo gli occhi, posando la testa sul bracciolo e ripiegando le gambe sotto di me.

2

Il rumore di qualcuno che apre con una spinta la pesante porta di vetro mi fa sussultare e aprire gli occhi stanchi, e cerco di ricordare dove mi trovo. Devo essermi addormentata perché adesso la sala d'attesa è affollata e l'unico posto libero è quello accanto a me sul divano. Lo capisco nello stesso istante del nuovo arrivato, e mi tiro su a sedere, poggiando i piedi per terra di modo che possa sedersi anche lui. Questo ragazzo ha un'aria familiare, ma non riesco proprio a inquadrarlo. I capelli scuri sono cortissimi, come li porta Brady per via del football, e il suo viso è ben rasato. Quello che salta agli occhi, però, sono le insolite iridi multicolori.

Mi volto di scatto perché non mi scopra a fissarlo, e lui si siede accanto a me, il profumo della schiuma da barba mi raggiunge mentre si mette comodo. Indossa jeans a vita bassa e una felpa nera col cappuccio. Noto poi che ha le infradito, e chissà perché la cosa mi fa sorridere. Tiene in grembo un quaderno a spirale e io azzardo di nuovo una rapida occhiata al suo viso, incuriosita da tutti quei colori nei suoi occhi così particolari... che scopro a ricambiare per un istante il mio sguardo.

Non avevo mai visto qualcuno della mia età qui in sala d'aspetto. Un sacco di adolescenti vanno dall'analista, ma certe volte ho come l'impressione di essere l'unica. Mi chiedo quale sia la storia di questo ragazzo e se sia simile alla mia. Cerco di non guardarlo mentre tira fuori il telefono dalla tasca e controlla l'ora: 15:50. Devo essermi addormentata secca. La porta dello studio di Laura si apre e una mamma con un bambino in braccio si accorda per prendere un altro appuntamento. «Un minuto» mima Laura con le labbra, e io annuisco. La donna con il bimbo se ne va e la porta di Laura si richiude.

Mi domando se mi ha vista qui fuori a dormire. Che vergogna. Faccio un respiro profondo, cogliendo il profumo fresco del ragazzo. Il vago odore di cloro mi ha incuriosita... magari è un nuotatore o un addetto alla manutenzione in piscina. Uno dei motivi per cui mi occupo di volontariato e mediazione tra pari è che adoro conoscere gente nuova e scoprire qualcosa sulla loro vita. Forse è per questo che sono quasi tentata di attaccare bottone, ma non so quali sono le regole qui... non quelle della vita reale, con quelle sono a posto, parlo delle regole non scritte. È giusto parlare con una persona che come te sta aspettando di entrare dal terapista? Come mai è qui?

So che l'apparenza inganna, ma non mi sembra uno che sta male. Ha pure sorriso. Ci saranno un milione di ragioni per cui la gente va dall'analista. E mentre comincio a ragionare su questo, Laura esce dal suo studio e mi fa cenno di entrare interrompendo i miei pensieri. Mi alzo e faccio qualche passo nella sua direzione, ma mi fermo di colpo quando sento una voce profonda che mi chiama dal divano.

«Everly, hai dimenticato il libro.» Mi volto e osservo il ragazzo che si avvicina e mi porge il tascabile sbrindellato che avevo lasciato sul divano. Guarda la copertina e sorride. Apro la bocca per dire qualcosa, ma la porta accanto a noi si apre e ne esce un uomo.

«Gabe, sei pronto?» Guarda il mio ragazzo carino... non il *mio* ragazzo carino, *il* ragazzo carino. Con un lieve sorriso, Gabe lascia andare il mio libro ed entra nello studio dell'uomo dai capelli grigi, chiudendo la porta dietro di sé.

«Mi dispiace, Everly» dice Laura mentre sposto alcuni cuscini sul suo divano. Ne prendo uno e lo stringo al petto per tenere le mani occupate. «Quel ragazzo sapeva il tuo nome. Possiamo cambiare orario se vuoi un po' più di privacy. Cerco di non ricevere ragazzi della stessa età nella stessa giornata per evitare incontri imbarazzanti in sala d'attesa, ma non posso controllare gli appuntamenti degli altri terapisti.»

«È tutto okay» la rassicuro. «Non lo conosco. Forse mi conosce per via di mia sorella o per qualche altro motivo.» Se venisse a scuola da me lo avrei già notato, no?

«Se ne sei sicura.» Mi osserva attentamente, come se avesse il potere di capire se sto mentendo.

«Ne sono sicura. Magari non viene tutte le settimane come me. Forse non lo rivedrò più.» Mi chiedo se mi darà qualche altra informazione, tipo che lo ha già visto qui o che viene sempre di lunedì, quindi il fatto che fosse qui oggi è stato insolito. Io vengo sempre di martedì. Invece lei dà un'alzata di spalle e poi si siede sulla sua poltrona dallo schienale alto.

«Com'è andata la settimana?» Mi rivolge uno sguardo solidale e io rispondo con un cenno rassegnato.

«Orribile, come mi aspettavo.»

«È successo qualcosa dall'ultima volta che abbiamo parlato?»

«Oggi sono crollata di nuovo.» Tiro una piuma che spunta dalla fodera del cuscino. «Li ho visti mano nella mano e sono rimasta pietrificata. Un poverino del primo anno mi è venuto addosso e gli sono caduti tutti i libri. Non sono nemmeno riuscita ad aiutarlo a raccoglierli. Quando il mio cervello ha finalmente compreso che me ne stavo impalata in mezzo al corridoio a fissare le loro stupide mani, sono scoppiata a piangere e sono andata a nascondermi in bagno.» Rivivo di nuovo l'imbarazzo di quel momento, ma stranamente non sgorgano le lacrime. Forse ho finito per piangerle tutte.

«Ricordi la tabella di cui ti ho parlato l'ultima volta? Ti ho detto che avremmo approfondito l'argomento questa settimana e vorrei che la portassi a casa come compito.» Prende un foglio nuovo dal blocco sulla scrivania. Me lo porge con una cartellina di plastica e poi rovista in giro alla ricerca di una penna.

«Me lo ricordo» rispondo mentre la guardo setacciare i cassetti. Sembra sempre organizzatissima, ma questi rari momenti di confusione la rendono più umana.

Finalmente mi porge una penna. «Voglio che cominciamo con quello che è successo oggi. Prepara quattro colonne. Come titolo della prima usa *Situazione.*» Faccio come dice e poi attendo altre istruzioni.

«Scrivi quello che è successo. Non tutti i dettagli, solo la parte che ti ha fatta soffrire di più.» Attende pazientemente mentre scrivo *Brady ed Elle mano nella mano.* «Adesso intitola la colonna successiva *Emozioni.* Scrivi ciò che hai provato. Annota se ti sei sentita triste o se hai avuto mal di stomaco.» Attende di nuovo, e stavolta mi serve almeno un minuto per pensare alla risposta.

Scrivo *triste, ferita, affranta*. Poi sotto scrivo *mal di sto-*

maco, mal di testa, sconforto. Laura sbircia il foglio e poi annuisce. «Intitola la colonna successiva *Pensieri controproducenti.* Annota il pensiero che ti ha fatto soffrire.»

«Non saprei. È che li ho visti e ho perso il controllo.» Tengo la penna sopra la carta e sento di nuovo una morsa allo stomaco per il solo fatto di aver ripensato a quello che è successo.

«Prenditi tutto il tempo necessario.» So che questo significa che non riuscirò a sfangarla. Penso a quando ero in corridoio e lo guardavo tenerla per mano come se fosse una cosa normalissima. Lascio scorrere la punta della penna sulla carta mentre scrivo: *Dovrebbe essere la mia mano. Non mi ama più. Non sono più sua. Lui non è più mio.* Poi le risparmio la fatica di sbirciare quello che ho scritto.

«Adesso nell'ultima colonna scrivi *Pensieri alternativi.* Vediamo se riusciamo a riformulare alcuni di quei pensieri negativi e idearne altri più favorevoli.»

Lascio andare il cuscino che tenevo in grembo. «Non so cosa scrivere.»

«Partiamo dal primo pensiero controproducente, "Doveva essere la mia mano". Qual è un possibile pensiero alternativo a un'affermazione del genere? Ricorda che l'ultima volta abbiamo detto di non usare la parola *dovrebbe.*» In testa ho ancora il vuoto assoluto. Non riesco a trovare un solo pensiero che cancelli il dolore di ciò che ho riportato sul foglio. Sono sempre stata una brava studentessa, quindi provo una certa ansia nel tentativo di risponderle nel modo corretto.

«Ehm, direi che almeno ho avuto modo di tenergli la mano?» Suona più come una domanda che una risposta, ma lei sorride e mi rivolge un lieve cenno d'assenso.

«È un buon inizio. Col tempo diventerà più facile. Passiamo a "Non mi ama più". Che prove hai che questo sia vero?»

«Adesso sta con lei. Si vedevano già quando stavamo ancora insieme. Non gliene frega niente che questo mi faccia star male o che la mia vita sia andata in frantumi. Non gli importa che mi senta in imbarazzo perché a scuola lo sapevano tutti tranne me.» Prendo un fazzolettino dall'ottomana che ci separa.

«Non è possibile amare due persone contemporaneamente? Il fatto che stia con lei significa che non ama più te?» Attende che le sue parole attecchiscano e poi continua: «Ti ha detto lui che non gli importa che tu soffra? Pensavo fosse visibilmente triste quando lo hai affrontato per parlare di lei. Possibile che queste emozioni siano sparite nel giro di due settimane?»

Ha ragione lei, ovviamente. È possibile amare due persone, ma perché deve amare lei? Forse non è nemmeno amore. Forse lei gli piace e basta. «Era sconvolto quando li ho scoperti. Mi ha detto che non voleva farmi soffrire. Le sue azioni però dicevano il contrario.»

«Okay. Allora quello che ho capito io è che ti vuole ancora bene. Può non essere il modo che vorresti tu, ma ti vuole bene. Ti ha detto che non voleva farti soffrire. Le sue azioni sono state dolorose, ma può darsi che cercasse di non farti soffrire e abbia sbagliato tutto.» Mi sorride, e io contraccambio.

«Ha combinato un vero disastro.»

«Com'è andata con Elle questa settimana?»

Mi lascio sfuggire un sospiro profondo e tiro fuori il telefono dalla tasca per farle leggere il messaggio di Heather. «Ne ho ricevuti altri da tre ragazze diverse che mi chiedevano un chiarimento per qualcosa che secondo lei avevo detto su di loro. Non capisco. Perché deve continuare a farmi questo?»

«C'è un detto quando ci si trova in situazioni come la tua: "Mantieni pulito il tuo lato della strada". Significa che non devi preoccuparti di quello che fanno gli altri e del perché lo fanno. Fa' solo quello che ritieni giusto e lascia che l'universo pensi al resto.» Laura fa girare la penna tra le dita. La osservo da vicino, permettendo alle sue parole di andare a segno.

«Quindi mi stai dicendo che non dovrei difendermi o attaccare Elle?»

Laura risponde dopo qualche cenno d'assenso. «Se hai detto qualcosa di brutto, scusati. Tutti commettono errori. Se dici alle altre quello che ti ha detto Elle, non sarai migliore di lei e a cosa servirebbe? Solo a ferire quelle persone. Lascia correre e cerca di essere tu la persona adulta. Alla fine tutti questi drammi finiranno.» Mette a posto i fascicoli e prende l'agenda. «Voglio cominciare ad affrontare la tua scala della paura. Cercheremo di vincere le tue paure un gradino alla volta finché la tua paura più grande non sembrerà più tanto angosciante. Cerca di riflettere su quali possano essere quelle paure.»

L'ora è finita, quindi confermo l'appuntamento per la prossima settimana. Mi propone un orario diverso, in caso voglia evitare il ragazzo della sala d'attesa, ma le dico che va bene alla solita ora. Vengo qui già da due anni ed è la prima volta che lo vedo, quindi è possibile che non lo trovi la prossima settimana.

Noto che non è in sala d'aspetto mentre mi dirigo verso l'uscita. La porta dello studio in cui è entrato è chiusa e c'è qualche persona in attesa. Apro la pesante porta di vetro e poi scendo le scale per raggiungere il parcheggio. Salgo in macchina e metto in moto.

Mentre armeggio con la radio in cerca di una canzone che non mi faccia del tutto schifo – nessuno ti dice mai che quando vieni scaricata non riuscirai più ad ascoltare canzoni d'amore – noto l'enorme pickup davanti a me in attesa di una breccia per potersi immettere nel traffico. I miei occhi si spostano sullo specchietto laterale del veicolo e riesco a scorgere il ragazzo della sala d'aspetto nel riflesso. Lo osservo mentre si massaggia la testa, poi posa il braccio sul finestrino aperto. Guarda nello specchietto e i nostri occhi si incontrano.

Lui non distoglie subito lo sguardo. Lo vedo sorridere leggermente e poi tornare a concentrarsi sulla strada. Quando il flusso d'auto lo permette svolta a sinistra, sollevando la mano in un cenno di saluto, mentre io osservo il pickup passare da una corsia all'altra fino a scomparire dopo la curva.

3

Sto guardando un episodio di una delle mie serie preferite sul computer e cerco di farmi venire delle idee per la settimana in onore dello spirito scolastico quando sento i passi di mia sorella Rosie sulle scale e sulla moquette fuori dalla mia porta. Sposto lo sguardo sull'agenda e cerco di sembrare indaffarata mentre lei apre la porta senza bussare. «Ciao» dice, un filino senza fiato per via delle scale.

«Ciao.» Alzo lo sguardo per un secondo sulle sue guance rosee, accese dal sole e dalla scarpinata. La invidio, e non è la prima volta che mi succede. Anche se ha due anni meno di me, mia sorella è sempre stata una forza con cui fare i conti.

«Ti va di fare qualcosa?» mi chiede.

«Cos'hai in mente?» domando io, mettendo da parte i libri di scuola per farle posto sul mio letto. Non mi va di fare niente, ma non voglio nemmeno darle un motivo per correre dalla mamma a raccontarle del mio disinteresse per ogni genere di attività. Lei sorride e salta sul letto, incrociando le gambe per appollaiarsi accanto a me. Mi sollevo dal letto per imitarla. Il mio corpo è tutto un dolore, mi punisce per essere stata troppo a lungo nella stessa posizione.

«Potremmo smezzarci uno Special C di El Burrito Jr.» El Burrito Jr è in attività da prima che nascessimo e tutti da queste parti si riferiscono ai suoi piatti usando le lettere, molti hanno memorizzato almeno le prime dieci. Il menù che preferiamo è quello con due burritos fagioli e formaggio più bibita. Di solito mangiamo lì una volta a settimana, ma non ci sono più stata da quando ho rotto con Brady. Pullula di ragazzi della nostra scuola che vorrei evitare finché non si placheranno i pettegolezzi su Brady, Elle e la sottoscritta.

«Non so, Rosie. Non mi va di incontrare nessuno.»

«Sarà peggio se continui a nasconderti. La gente dimenticherà tutto più in fretta se tornerai a condurre una vita normale.» Mi dà un colpetto d'incoraggiamento con la spalla. «Possiamo sederci nel retro così pur restando riparate riusciamo a vedere chi entra!»

Resisto all'impulso di dirle di no e restare in camera mia tutta la sera. So che ha ragione lei. So che uscire e dimostrare alla gente che sto bene sarà utile per mettere a tacere le chiacchiere, ma è così difficile trovare una qualunque motivazione per truccarmi e barattare la mia tuta supercomoda con un paio di jeans. Ma Rosie non ha intenzione di cedere. «Va bene. Ma andiamo solo da El Burrito Jr» accetto con riluttanza.

«Ti serve una mano con quella?» mi sfotte, indicando la mia coda tutta storta.

«Niente di esagerato.»

Nel suo sguardo riesco a leggere il sollievo e la speranza che io stia cominciando a lasciarmi alle spalle la vecchia me. «Pensavo solo di usare la piastra.» Si alza dal letto e mi tende una mano, per farmi alzare, poi mi trascina nel corridoio verso il bagno che condividiamo. Ci sono diverse cose sparpagliate sul piano d'appoggio, la prova che almeno un'adolescente si è preparata qui dentro stamattina. Non io. Io ho fatto il minimo sindacale. Giusto una doccia e una spazzolata ai capelli per districarli. Non sono di certo io che ho disseminato il ripiano con ombretti di tonalità diversa, eyeliner e prodotti per capelli.

Rosie attacca la piastra alla corrente mentre io appoggio un fianco contro il mobile del bagno. Incrocio le braccia e la osservo che rovista nel cassetto finché non trova la mia trousse. Mi domando se dovrà soffiarci via la polvere. Quando fatichi a mettere un piede davanti all'altro, di certo non ti viene voglia di valorizzare i tuoi lineamenti con schifezze appiccicose e colorate. La cerniera di quella povera trousse si arrugginirà presto se non la uso un po'.

«Ora del restauro» dice sottovoce mia sorella mentre mi applica del fondotinta sul viso. Faccio la bocca da papera e lei ride. «Ecco, sapevo che non lo avevi dimenticato.» Si impegna per nascondere le borse scure che ho sotto gli occhi e mi mette dell'abbronzante sulle guance e sulla fronte. Chiudo gli occhi quando passa a ombretto e eyeliner.

«Apri e guarda in su» mi ordina mentre avvicina lo scovolino del mascara.

«Se me lo infili in un occhio ti impiastriccio i capelli con questa roba.» La stringo per il polso e avvicino lo scovolino alla sua faccia. Lei arriccia le labbra e manda un bacio.

«Fidati di me. Lo faccio sempre.» Il suo viso si fa serio mentre mi posa la mano sulla guancia. Mi fido di lei. E non solo per il trucco. Confido che baderà a me e si assicurerà che alla fine io ritrovi tutti i miei pezzi mancanti che sembra si siano sparpagliati in giro quando Elle e Brady mi hanno spezzato il cuore. Solo che non posso dirglielo senza correre il rischio di piangere, rovinando tutti gli sforzi che ha fatto per rendermi presentabile.

«Ecco fatto» dice, indietreggiando di un passo per ammirare il risultato finale. Mi guardo allo specchio e finalmente riconosco la persona che vedo nel riflesso. Chissà come, Rosie è riuscita a riportare indietro l'immagine di chi ero una volta sul viso depresso che mi ha sostituita.

«Grazie.» Sorrido e la abbraccio. Mi tiene stretta un po' più del solito, ma non mi dispiace.

«Questa è stata la parte facile.» Allunga una mano verso l'elastico che ho nei capelli e lo tira di qualche centimetro. «Farà un po' male.» Ancora qualche lieve strattone e lo leva per poi gettarlo sul piano accanto alla piastra. Osservo il suo riflesso nello specchio mentre si concentra per separare in ciocche i miei capelli e passarle poi nella piastra finché non diventano completamente lisce.

«E se li vediamo?» le chiedo. I suoi occhi incontrano i miei nello specchio e mi rivolge una lieve alzata di spalle.

«Lo sai che vederti fa star male anche loro.» Posa la piastra e mi passa le dita tra i capelli. «Elle dev'essere a pezzi per quello che ha fatto.» Apro la bocca per controbattere, ma Rosie scuote la testa. «Non è un mostro. Magari è una pessima amica, ma sappiamo entrambe che da qualche parte ha un cuore.» Visto che ci separano solo un paio d'anni, Rosie era amica di Elle quasi quanto me. Elle l'ha persino incoraggiata a entrare nella squadra delle cheerleader, e l'ha pure aiutata con le coreografie... cosa che il precedente capitano della squadra non si è nemmeno sognata di fare.

Annuisco e lei prende di nuovo la piastra. «Mi sento in imbarazzo» le confesso. Rosie si ferma per un momento, prendendo tempo per guardarmi di nuovo negli occhi mentre cerco di spiegarmi. «Mi sento una stupida per non aver capito cosa stava succedendo proprio davanti al mio naso. Mi vergogno per aver continuato a ripetere quanto fosse tutto meraviglioso tra me e Brady, mentre lei me lo stava già portando via.»

«Tu non hai fatto nulla di sbagliato. È lei che dovrebbe sentirsi in imbarazzo e vergognarsi. Non avrebbe mai dovuto mettersi fra voi due. Ha dimostrato a tutti di essere sleale. In fondo si tratta solo di un ragazzo, Everly.» Restiamo in silenzio per qualche istante mentre la piastra scorre di nuovo sui miei capelli. «Nemmeno lui potrà mai fidarsi completamente di lei. Deve sapere che una persona in grado di fare quello che ha fatto lei difficilmente sarà leale con qualcuno. La sua relazione con lei non è nulla se paragonata al tempo e all'impegno che tu ed Elle avete investito l'una nell'altra. Se ha voltato le spalle a te… potrà farlo benissimo anche con lui.»

Un'ora dopo, mentre parcheggiamo nella nostra via dopo una cena non funestata da incidenti, sono grata a Rosie di avermi costretta a uscire di casa. Mi rendo conto che quando non mi sembra di avere la forza per fare qualcosa da sola, ci sono persone che mi vogliono bene in grado di migliorare la situazione e di aiutarmi a uscire da questo buco nero. Poco a poco ne verrò fuori, ma l'impresa è molto più facile se qualcuno mi dà una mano e mi sostiene mentre mi sforzo per raggiungere di nuovo la luce.

4

La professoressa Cramier richiama all'ordine il consiglio studentesco poco dopo l'inizio della sesta ora. In qualità di rappresentante d'istituto, ho il compito di tenere un calendario degli eventi scolastici, pianificare la settimana dedicata allo spirito scolastico e aiutare gli altri membri del consiglio a organizzare le attività loro assegnate. È un ruolo per cui ho scelto di candidarmi perché anche se mi è sempre piaciuto fare il tifo per la squadra di football, volevo assicurarmi che anche gli altri atleti e gli studenti meritevoli ricevessero il giusto riconoscimento. (E poi era un modo divertente per sostenere Brady e una scusa in più per uscire da scuola prima e andare alle partite in trasferta.) Il raduno di fine anno resta sempre il mio evento preferito. Quest'anno dovrei avere il compito di annunciare i nomi degli studenti ammessi ai college più rinomati e premiare quelli che hanno ottenuto un punteggio alto ai SAT.

Il mio lavoro si è rivelato ancor più divertente del previsto quando ho scoperto che era Angie la responsabile della settimana per lo spirito scolastico e il mio braccio destro. Non ci conoscevamo benissimo all'inizio dell'anno, ma dopo aver lavorato insieme tanto spesso siamo diventate intime. Non ci siamo frequentate al di là delle attività del consiglio studentesco, ma abbiamo comunque avuto ore di tempo per fare amicizia mentre organizziamo eventi. Anche se lei riesce a rendere il consiglio d'istituto divertente, non è stata in grado di distrarmi dal fatto che presto avremmo dovuto cominciare a organizzare il ballo di fine anno.

Situazione: Ballo

Emozioni: Imbarazzata, furiosa, ferita, nausea, sconforto

Pensieri controproducenti: Mi perderò il ballo perché il ragazzo che aveva promesso di portarmici inviterà la mia ex migliore amica.

Pensieri alternativi: Forse Elle sceglierà un vestito orrendo. Forse nessuno noterà la mia assenza. Angie scatterà delle foto e vederle sarà come se fossi stata presente.

Non credo che questa tabella sia utile come pensa Laura. Per fortuna il ballo di quest'anno viene menzionato solo una volta dalla presidentessa dei rappresentanti d'istituto per ricordare a tutti di preparare i cartelli da affiggere in giro per il campus per fare pubblicità, quindi non devo passare l'intera riunione a far finta di essere eccitata al pensiero.

Le mie mani hanno finalmente smesso di tremare per l'attacco di panico di qualche ora fa. Cerco di concentrarmi sui dettagli della riunione, ma la mia mente continua a tornare all'incidente di stamattina, e alla rapidità con cui la giornata è sfuggita al mio controllo. Tutto era a posto quando sono entrata alla prima ora, ma alla fine della seconda mi è giunta voce di un pettegolezzo che coinvolgeva me e il ragazzo della mia amica Kendall. Non era vero niente, e per fortuna Kendall è venuta subito a parlarne con me invece di credere a quello che si diceva in giro. La sensazione di impotenza nei confronti delle menzogne che girano per la scuola ha innescato l'attacco di panico, e anche se ormai è passata qualche ora mi sembra di provare ancora quella sensazione surreale di esperienza extracorporea che mi prende dopo episodi di questo tipo.

«Everly, potresti portarlo al coach Williams?» La professoressa Cramier mi porge un foglio di carta piegato dopo la conclusione del consiglio, riportando la mia attenzione nell'aula e lontano dai miei pensieri convulsi. Vorrei dirle di no. Lei non ha idea che il pensiero di attraversare la scuola mi provoca un'ansia tanto violenta che temo possa venirmi un attacco di cuore.

«Certo» rispondo invece, mentre spingo indietro la sedia per dirigermi verso la cattedra. Mi dico che dovrebbero essere tutti a lezione. Se riesco a tornare prima della campanella, non dovrei incrociare nessuno dei due.

I corridoi sono deserti, ma ogni volta che sento un rumore proveniente da una fila di armadietti o da dietro l'angolo mi sembra che il cuore stia cercando di saltarmi fuori dal petto. Quando apro le enormi porte dell'edificio che ospita la piscina, l'odore del cloro è talmente forte che quasi mi travolge con la potenza di uno schiaffo. Cerco di evitare con cautela le pozze d'acqua mentre raggiungo il coach Williams, che è fermo in fondo alla vasca. Non so perché, ma qui sembra più caldo che in qualunque altra area del campus e mi chiedo se cerchino di tenere la temperatura più alta a beneficio degli atleti mentre entrano ed escono dall'acqua.

«La professoressa Cramier mi ha chiesto di portarle questo.» Gli porgo il foglio e attendo in caso sia prevista una risposta. Di solito le squadre scolastiche si allenano alla sesta ora, e mi guardo attorno per l'edificio umido, notando i ragazzi che escono in fila dallo spogliatoio, in costume.

Mi scopro a fissarne uno in particolare. È il ragazzo che ho visto nello studio di Laura la settimana scorsa. Gabe. *Viene a scuola qui?* Sta scherzando con un altro ragazzo e non posso fare a meno di notare la sua pelle abbronzata e i muscoli da nuotatore... non è grosso come Brady, ma è più tonico. Un attimo prima di mettersi gli occhialini, volge lo sguardo verso di me. Il suo sorriso sembra irrigidirsi e poi si amplifica. Sistema gli occhialini e si tuffa in piscina.

Il coach sta scarabocchiando qualcosa sul foglio che gli ho portato, quindi colgo l'occasione per osservare Gabe che fa una vasca. Le sue bracciate sono uniformi e continue ed è uno spettacolo il modo in cui fende l'acqua senza quasi creare schizzi. È ipnotico. «Ecco. Riportalo alla professoressa, per favore.» Il coach mi consegna il foglio e poi suona il fischietto, richiamando l'attenzione dei ragazzi.

Torno in fretta nell'aula della riunione, sforzandomi di capire come sia possibile che io non lo abbia mai visto prima d'ora. Suppongo sia perché frequento un'enorme scuola di un'enorme città e per gli ultimi due anni e mezzo sono stata con Brady, talmente coinvolta nella nostra storia da non guardarmi mai attorno. Potrebbe essere sempre stato qui, e io non l'ho mai notato. Scuoto la testa mentre entro nell'aula chiassosa.

Consegno il biglietto alla professoressa Cramier e poi mi dirigo nel dedalo di stanze dell'ufficio per le attività studentesche in cerca di Angie. Quando la vedo, è china sui cartelli per la manifestazione che stiamo organizzando da tutta la settimana. Mi siedo sul bordo del lungo striscione così lei non deve tenerlo fermo mentre scrive il messaggio per tutta la sua lunghezza.

«Grazie, Everly.» Alza lo sguardo su di me. «Ne è valsa la pena di fare quella corsa per vedere i ragazzi in piscina, eh?» Sorride civettuola e io sento le guance avvampare. «Eddài. Lo so che tu e Brady vi siete lasciati da poco, ma il ballo si avvicina e si sa che i rappresentanti degli studenti devono fare la prima mossa. Devi rimetterti in pista a testa alta e trovare un cavaliere. Potrei chiedere a Carl di agevolare le cose» dice, facendo scorrere il pennarello per formare una *R*.

«Lo so. Mi inventerò qualcosa. Hai già preso il vestito?» Cambio argomento, sperando che sia abbastanza eccitata per i dettagli del proprio abito da dimenticare la mia patetica situazione.

«Sono andata a comprarlo con mia madre ieri sera. Pensavo mi dicesse di no, perché è più corto di quello dell'anno scorso, ma ha detto che comunque era elegante e me lo ha lasciato prendere.» Angie aveva messo gli occhi su quel vestito da un mese. Era in vetrina nel negozio più figo del centro commerciale. Me lo aveva mostrato in foto, e io sono passata appositamente davanti alla vetrina per vederlo l'ultima volta che sono andata a fare shopping con Rosie.

«Ti starà benissimo.» Mi alzo dallo striscione

così possiamo arrotolarlo e dedicarci al prossimo.

«Grazie. Tu, invece, lo hai comprato quel vestito rosso a cui pensavi?» Si alza e si posa una mano sul fianco. Mi è stata tanto vicina nell'ultimo periodo, so che lo chiede perché le importa davvero e sa che strazio sarebbe stato se lo avessi fatto.

«No. Non credo di volerlo più indossare.» Tiro il lungo rotolo di carta da pacchi e lei ne taglia la giusta lunghezza per un altro striscione.

«Meglio voltare pagina» dice con dolcezza, sedendosi sopra l'estremità così posso cominciare a scrivere.

«Dai, raccontami che progetti avete. Restate in zona per la cena o andrete in centro?»

Angie si lancia nella descrizione di come lei e il suo ragazzo, Carl, abbiano deciso di andare a cena a Santa Monica con un'altra coppia, così possono prolungare la serata il più possibile. «C'è posto per altre due persone sulla limo» dice, praticamente cantilenando le parole. «Tu e il tuo cavaliere potreste venire con noi. Sarà un bene per te allontanarti dal solito gruppetto di persone. Vieni con noi. Posso persino fare in modo che Carl ti combini un appuntamento con uno dei suoi amici della Saint Anthony.»

Rispondo con un vago «forse». È carino da parte sua propormelo, ma non è che muoia dalla voglia di passare la serata con un gruppo di persone che – con l'eccezione di Angie – conosco appena e un cavaliere che frequenta la scuola cattolica locale che accetterà di venire o perché Angie lo avrà costretto o perché spererà – sapendomi vulnerabile – che io gliela dia alla fine della serata.

Finalmente suona la campanella, la giornata di scuola è finita. Angie prende lo zaino mentre io metto a posto le ultime cose. «Sei pronta, Angie?» dice Lisa dalla soglia, rivolgendomi poi un lieve cenno di saluto.

«Sì. Arrivo.» Si dirige verso la porta, ma si gira un attimo prima di uscire. «Dovresti sederti al nostro tavolo domani a pranzo. Potremmo parlare del ballo... ma anche no.» Dà un'alzata di spalle, per farmi sapere che mi darà una mano in caso di bisogno ma senza farmi pressione.

Riempio lo zaino lentamente mentre tutti schizzano fuori dall'aula. Gli altri non vedono l'ora di andarsene, ma io so che c'è la possibilità che la squadra delle cheerleader stia ancora provando sul prato anteriore e voglio conceder loro tutto il tempo necessario per andarsene prima che io raggiunga la mia macchina.

Quando sono sicura che la via è libera, mi dirigo verso il posteggio quasi deserto. Per abitudine cerco il pickup di Brady. È parcheggiato al solito posto in prima fila, accanto ai veicoli degli altri membri della squadra di football. Con mia sorpresa, mi scopro a cercare anche quello di Gabe, ma non si vede da nessuna parte.

5

Quando arrivo a casa, poso le chiavi sul tavolino dell'ingresso e vado dritta nella mia stanza. Nel corridoio sento la musica proveniente dalla stanza di Rosie, così lascio la borsa a terra fuori dalla mia stanza e vado da lei. Busso un paio di volte. «Avanti» urla lei per sovrastare la musica.

«Cosa ascolti?» le chiedo, sedendomi in fondo al suo letto. È seduta alla scrivania, intenta a fissare i compiti, ma non so come riesca a studiare con la musica così alta. Come se mi leggesse nel pensiero, allunga una mano e abbassa il volume.

«È un gruppo nuovo di cui mi ha parlato Dawn. Li ha sentiti sulla KROQ stamattina.» Spinge indietro la sedia e viene a sedersi accanto a me sul letto. «Oggi è stata tosta, eh?»

Faccio spallucce. «Ho l'impressione che l'intera faccenda stia sfuggendo a ogni controllo.»

«È terribile» conviene lei, sdraiandosi sul letto e infilandosi un cuscino sotto la testa. «Qualcuno ha detto di averti vista parlare con Kendall dopo la terza ora.»

«Mi ha aspettato fuori dall'aula. Non credo possa mai immaginare quanto abbia apprezzato che sia venuta a parlare con me di quelle voci che giravano invece di crederci e basta.»

«È una follia. Prima di arrivare agli allenamenti almeno quattro persone mi hanno chiesto se era vero che tu e Kendall stavate per litigare di brutto.»

Scuoto la testa e mi lascio sfuggire un sospiro. «Kendall sapeva che quelle balle erano state ingigantite, ma voleva scoprire se sapevo da dove erano partite.» Mi avvicino a Rosie per mettere anch'io la testa sul cuscino. Si sta grattando via lo smalto dalle unghie.

«Le hai detto che è stata Elle a metterle in giro?»

«Non lo sappiamo per certo» rispondo, voltandomi per vederla meglio in faccia.

«Mettiamo che non abbia detto quello che girava a fine giornata, ma so che ha spifferato a Heather che tu le avevi detto che ti piaceva il ragazzo di Kendall. Heather mi ha confermato che è stata lei a dirlo a Kendall.» Rosie tira via una grossa scheggia di smalto.

«L'unica cosa che ricordo è di aver detto che è carino dopo aver visto la foto di Kendall con lui al ballo dell'anno scorso. Da qui a dire che mi piace… non so come abbia fatto Elle a travisare le mie parole.» Incrocio le gambe e faccio dondolare il piede su e giù. Rosie mi imita.

«Non la riconosco più» dice con un certo disgusto. «Sta proprio incasinando tutto.»

«Non capisco perché stia fomentando tanti drammi. Si è già presa Brady, perché sente la necessità di andare in giro a farmi fare la figura della stronza anche con le altre mie amiche?» Mi interrompo, guardando Rosie. «Il fatto è che ho detto davvero delle cose su di loro... niente di terribile, ma con lei ho sempre parlato senza filtri.»

Rosie mi guarda di nuovo. «Tutti diciamo delle cose. Abbiamo tutti delle opinioni. Non era tua intenzione che la diretta interessata lo venisse a sapere. È lei che sta giocando sporco. Credo che sia in preda al panico. Forse sta cercando di portare gente dalla sua parte per evitare che tutti capiscano che carognata è stata in grado di fare alla sua migliore amica. Se si sapesse come sono andate le cose, la gente penserà che è una persona orribile.»

«Perché lo è» dico sottovoce, ma è ancora doloroso parlar male di lei. Mi chiedo quando passerà. Conosco tutti i fatti eppure c'è ancora una parte di me che non vuol credere che sia vero.

«Sembra che sia cambiata un sacco» dice Rosie, e allora capisco che anche lei nel profondo sta lottando con la stessa sensazione.

«Penso sia la cosa più dolorosa. Se si comportasse come

la vecchia Elle, forse me ne farei una ragione. Ma sembra che ogni giorno si inventi qualcosa di nuovo per distruggere la nostra amicizia.»

«Cos'hai intenzione di fare?» Rosie si sdraia a pancia ingiù per vedermi meglio.

«Che posso fare? Non c'è modo di sapere cosa le passa per la testa.»

«Perché non le parli? Forse la smette di mettere in giro voci per disperazione.»

Ci penso per qualche istante.

«Il fatto è che quando li ho scoperti, quella sera ero più che disposta a starla a sentire quando mi ha chiamato. Però il fatto che dopo aver detto che le dispiaceva abbia aggiunto un "ma", come se potesse esserci una giustificazione valida per quello che mi avevano fatto, è stato troppo doloroso. Ecco perché ho riattaccato e non ho più risposto alle sue chiamate. E poi, anche se ha detto che soffriva anche lei, le sue azioni dicono tutt'altro. Mettersi con Brady può anche essere stato un errore, ma tutto quello che ha fatto dopo mi ha dimostrato la sua natura. Non è il tipo di persona che voglio nella mia vita.»

Rosie annuisce. «Capisco. E se Brady ed Elle sono fuori dalla tua vita, allora lo sono anche dalla mia. Vorrei soltanto vederti reagire, capisci? Voglio che cominci a stare meglio.»

«Anch'io voglio sentirmi meglio. Vorrei andare a dormire adesso e svegliarmi tra molti mesi, quando tutti i pettegolezzi saranno stati dimenticati e nessuno riuscirà più a ricordare che una volta io ed Elle eravamo amiche. Voglio uscire completamente dai radar. Se sapessi come mandare avanti veloce la mia vita a un momento in cui camminare per la scuola non mi provocherà più attacchi di panico, lo farei subito.»

«Forse non c'è nulla che possiamo fare per cancellarli dalla tua vita, ma tu potresti fare qualcosa per te stessa che dimostri a tutti che non te ne frega più niente.»

«Qualche idea?» la stuzzico, colpendole il piede con il mio.

«In realtà, ci ho pensato. Ti ricordi l'anno scorso, quando Dawn è stata piantata dal suo ragazzo? Ha cominciato subito a uscire con qualcun altro. Mi sembrava strano che frequentasse altri ragazzi quando aveva ancora il cuore spezzato, ma mi ha detto che le è servito, anche se sapeva che non sarebbe durata con nessuno di loro. Non so... forse ti aiuterebbe rimetterti in gioco.» La sua voce sembra decisamente speranzosa.

«Non sono pronta» dico, irremovibile. «È che non credo di poter ancora uscire con un altro ragazzo. E se non facessi altro che paragonarlo a Brady? E se mi facesse soffrire anche più di lui?» Mi mordicchio nervosamente il labbro.

«Non tutti i ragazzi sono così. E qualcuno del consiglio studentesco? O magari puoi chiedere a un'amica che ti combini un'uscita con qualcuno che non frequenta la nostra scuola.» Il suo viso si illumina all'idea.

«Ci penserò.» Non ho il cuore di dirle che non credo di essere pronta a fidarmi ancora in tempi brevi.

Sento la porta d'ingresso che si apre e il ciangottio delle chiavi della mamma mentre le getta sul tavolo. «Ragazze? Sono a casa.»

«Siamo quassù» diciamo all'unisono e poi scoppiamo a ridere. La mamma sale le scale e apre la porta della stanza.

«Papà è bloccato in una riunione. Sono troppo stanca per cucinare e sogno quel ristorante italiano che ha sempre il pane appena sfornato. Che ne dite di andare a cena fuori, così potrete raccontarmi la vostra giornata?» Si appoggia allo stipite e riesco a vedere quanto è stanca. Con tutto il da fare che ha, è riuscita a starmi vicina in questo brutto periodo. Le sorrido e poi sorrido a mia sorella, sentendomi davvero grata di avere questo meraviglioso gruppo di sostegno.

«Ci sto!» grida Rosie, saltando giù dal letto e poi tendendomi la mano per aiutarmi. Non ho molta fame, e lo stress della giornata mi ha fatto venire mal di stomaco, ma non mi lascerò sfuggire l'occasione di passare del tempo con mamma e Rosie.

«D'accordo. Anch'io ci sto.» Rosie mi fa alzare e non mi sfugge il sollievo sui loro visi. Mi fa venire voglia di sforzarmi di più per rimettermi in sesto. Mentre Rosie si infila le scarpe, la mamma mi stringe forte, posandomi una guancia sulla testa.

«Sono fiera di te, bambina mia. Piccoli passi.»

6

Qualche giorno più tardi, mentre mi dirigo verso lo studio di Laura, mi scopro a chiedermi se rivedrò Gabe. Non ho pensato molto a lui da quando l'ho visto allenarsi in piscina, ma sono ancora curiosa di scoprire la sua storia. Sono un tantino sorpresa per la rapida fitta di delusione che mi colpisce quando trovo la sala d'aspetto deserta. Mi siedo al solito posto sul divano e apro il libro che ho con me.

Qualche minuto dopo, la porta accanto al divano si apre e io sollevo lo sguardo per un secondo, e lo vedo entrare. Sono qui da neanche cinque minuti, il che significa che ne abbiamo almeno altri cinque prima dei nostri appuntamenti. Adesso ci sono solo altre due persone sedute a sfogliare riviste. Trattengo il respiro, chiedendomi se si siederà di nuovo vicino a me, ma faccio finta di leggere e cerco di non darlo a vedere.

Osservo i suoi piedi passare davanti a me, a malapena visibili da sopra la pagina. La seduta del divano sprofonda sotto il suo peso quando si sistema all'altra estremità.

Non so se sia giusto dirgli qualcosa, ammettere che l'ho visto a scuola, ma poi la mia curiosità prende il sopravvento. «Odori di cloro» sussurro, alzando lo sguardo su di lui, con un lieve sorriso.

«Praticamente ci vivo in quella maledetta piscina» dice lui, portandosi la felpa sotto al naso per annusarsi.

«Giochi nella squadra di pallanuoto?» Alzo gli occhi dal libro per incontrare i suoi. Un altro colore che non avevo ancora notato. Avevo visto l'azzurro e il verde l'ultima volta, ma adesso pare che ci siano delle pagliuzze di un giallo che sembra quasi dorato quando sorride.

«Sì. Sono quattro anni che sono in squadra. Ho giocato in team privati fin dalla seconda elementare. Oggi avevamo solo allenamento di nuoto, però.»

«Wow, è parecchio tempo da dedicare a uno sport. Perché la pallanuoto?»

«Mio padre ci giocava al liceo e al college. È stato persino nella squadra olimpica juniores. Pensava che fosse una cosa che potessimo praticare insieme. Adesso è un po' preso dal lavoro, ma non si perde mai una partita.»

«È fantastico che ti sostenga così. Mi sento un po' in imbarazzo a dire che non sono mai stata a una partita. Sono rappresentante d'istituto e mi sono appena resa conto che assisto a un quarto delle attività scolastiche. Che cosa stupida.»

«Dovresti venire. È piuttosto coinvolgente.»

«Lo farò senz'altro. Perché non ti ho mai visto in giro per il campus?» gli chiedo sottovoce. La signora seduta di fronte a noi ha alzato gli occhi dalla rivista per sbirciare nella nostra direzione. Le sorrido e lei contraccambia prima di sollevare di nuovo la rivista patinata.

«Probabilmente mi hai visto. Al primo anno abbiamo anche frequentato spagnolo insieme.» Aggrotto la fronte. Di sicuro lo avrei notato. Visto che non dico nulla, lui ride. «Ero molto diverso. Da allora sono cresciuto di almeno trenta centimetri. Sedevo sempre in fondo all'aula.»

«Devi scusarmi. Mi sto rendendo conto che devo aver girato con il paraocchi per un paio d'anni.» Lui ride e la donna torna a guardarci, chiaramente più divertita dalla nostra conversazione che da quello che sta leggendo.

«Non preoccuparti. Non fa niente. Però si spiega tutto.» Si passa una mano sui capelli cortissimi.

«Che cosa, si spiega?» gli chiedo, fissando la signora impicciona finché non si rimette a leggere.

«I paraocchi. Spiegano l'intera fase Brady Taylor. Tutto ha più senso adesso.» Quando lo guardo, mi fa l'occhiolino.

«È questo che era?» gli chiedo, sorridendo. È stranamente rassicurante sentire qualcuno che scherza su me e Brady invece di provare dispiacere perché adesso sta con Elle. Anche se non nego che una piccola parte del mio cuore protesta di dolore, come se cercasse di ricordarmi che una volta mi avrebbe dato fastidio sentire qualcuno criticare Brady.

«Chiaramente.» Per la prima volta da quando ci siamo lasciati, rido. Non una risata forzata per rabbonire mia madre e mia sorella, ma una risata genuina che mi provoca un'occhiata anche da parte della segretaria all'ingresso.

Il suo terapista apre la porta. Lui si alza, ma invece di andare si volta verso di me. «Spero che non ti sembri strano, ma ho letto tutto John Green, e ho notato che l'ultima volta avevi il suo nuovo libro.» Tira fuori un volume dalla tasca della felpa e dice: «Questo lo hai letto?»

«No, ma pensavo di andarlo a prendere nel weekend. Ho letto uno solo dei suoi libri e adesso non vedo l'ora di mettere le mani su tutti gli altri.»

Il suo viso si illumina mentre me lo porge. «Dovresti leggere subito questo. È il mio preferito.»

Annuisco e lo prendo. «Grazie.»

Lui china il capo, infila il suo quaderno a spirale sotto braccio e poi entra nello studio. Apro il libro e trovo *Gabe* scritto con l'inchiostro nero accanto a un numero di telefono. Non so come sia successo, ma anche se è praticamente uno sconosciuto, è come se fosse già un amico. Sorrido mentre Laura apre la sua porta e mi chiede se ci sono novità.

7

Il giorno dopo prendo il mio pranzo dall'armadietto e tengo la testa bassa mentre mi faccio strada sino all'angolino dove ho mangiato nelle ultime settimane. Anche se non sono mai stata particolarmente vicina a chiunque altro del nostro gruppo a parte Brady ed Elle, li consideravo sinceramente miei amici. Pensavo che loro provassero lo stesso, ma adesso che io e Brady ci siamo lasciati mi sembra di aver perso anche molti di loro. Certo, i miei vecchi amici mi parlano in classe o quando lui non è nei paraggi, ma all'interno del gruppo si è creato un certo disagio.

Se volessi sedermi dove mi sedevo prima, quando stavo con lui, immagino che nessuno mi direbbe di andarmene, ma la presenza di tutti e tre nello stesso posto potrebbe causare dei silenzi spiacevoli. Odio rendere le situazioni imbarazzanti e non voglio che i nostri amici si sentano messi in mezzo, anche se soffro ancora al pensiero che alcuni di loro sapevano del tradimento e hanno scelto di non dirmelo. E poi non sono pronta a trascorrere il pranzo guardando Brady ed Elle appiccicati o ascoltandoli fare progetti per il weekend. So che non dovrei farlo, ma mi sembra molto più sicuro sedermi altrove.

Adesso passo l'intervallo e la pausa pranzo tenendo la testa bassa e cercando aule vuote o cortili semideserti in cui nascondermi. Faccio i compiti o leggo, in modo che i miei occhi non vaghino costantemente in giro. In principio, qualche gruppetto che non era abituato alla mia presenza sembrava infastidito. Abbassavano la voce o si stringevano in cerchio, ma quando capivano che ero contenta di stare da sola e non facevo tentativi imbarazzanti di unirmi a loro, tornavano a fare le loro cose come al solito.

Poso lo zaino sulla panchina circolare attorno a uno dei grossi alberi del cortile. Sedendomi, tiro fuori il libro che mi ha dato Gabe e prendo il pranzo prima di allungare le gambe sulla panchina, appoggiando la schiena allo zaino. Apro il libro sopra la faccia per bloccare il sole pomeridiano. Il tempo è bello a maggio in California, con il sole che splende e un bel venticello fresco. Ieri sera sono rimasta sveglia sino a tardi per leggere perché mi sono innamorata della storia, ma dovrei avere ancora abbastanza pagine per superare i prossimi trentacinque minuti.

«Perché continui a sederti qui da sola?» La voce di mia sorella mi strappa dalla lettura. «Dovresti andare avanti a sederti col tuo gruppo. Solo perché tu e Brady vi siete lasciati non significa che gli altri non siano più tuoi amici.»

Lascio ricadere il libro sul petto e mi riparo dal sole tenendo la mano sugli occhi. «Ciao, Rosie. Certe volte mi piace stare da sola.» Sposto lo sguardo sulla sua amica Dawn, che è proprio accanto a lei. Mi saluta con la mano.

Rosie alza gli occhi al cielo e si china per sussurrare: «Così l'avranno vinta loro. Perché non combatti?»

Osservo il suo viso addolorato per qualche istante. «Alcune battaglie proprio non si possono vincere. Il meglio che puoi fare è sperare di essere ancora viva quando saranno finite. Credo di aver solo bisogno di sopravvivere a tutto questo.»

«Sei troppo melodrammatica» dice con un sospiro. «Non ha senso. So che tu ed Elle non sarete mai più amiche, ma se continui a evitarle perderai anche tutte le altre tue amicizie.»

«Credo ti sfugga un dettaglio: diventa tutto estremamente imbarazzante quando ci troviamo tutti e tre nello stesso posto. Nessuno vuole prendere parte a tutta quella tensione... senza contare cosa pensa la gente di me per colpa di tutti i pettegolezzi che sta mettendo in giro Elle.» Agito una mano, come per dissolvere le brutte immagini che ho appena richiamato alla memoria.

«Come ti pare. Credo che dovresti cominciare a raccontare alle persone quello che è successo veramente. Rovinare la reputazione di Elle come lei sta cercando di fare con te. Non startene seduta qui tutta sola a permettere alla gente di pensare che non vali niente. Costringi gli amici che sapevano e non hanno detto nulla ad affrontarti. Se vuoi sederti con noi puoi farlo, ma penso che dovresti andare dritta al tuo vecchio tavolo e pranzare con i tuoi amici.» Rosie si guarda attorno per il cortile, cercando di stimare il danno che ho già arrecato alla mia popolarità standomene qui da sola. Sposto il piede dalla panchina e le do un calcetto.

«Starò bene. Va' a pranzare con i tuoi compagni.» Sollevo il piede e la colpisco di nuovo scherzosamente. Dalla sua espressione riesco a capire che non vuole lasciarmi sola, ma annuisce e prende Dawn a braccetto.

«Oggi non c'è l'allenamento delle cheerleader. Via libera dopo la sesta ora.» Allontana il mio piede con una sberla. «Ti aspetto dopo il consiglio studentesco così mi dai uno strappo a casa.»

«Non c'è proprio allenamento dopo la scuola?» chiedo.

«Oggi no. Il coach ha un appuntamento. Ci alleniamo

in palestra e poi siamo libere di andarcene dopo la campanella.»

«D'accordo. Dawn, se hai bisogno di un passaggio, vieni pure con noi. Se Rosie non ti infastidisce, cioè.» Rosie alza di nuovo gli occhi al cielo, ma scoppiano a ridere entrambe.

«Grazie, Everly» risponde Dawn, voltandosi a fatica perché mia sorella la sta già trascinando in direzione della mensa.

8

Rosie allunga una mano verso la radio ma io la schiaffeggio prima che cambi stazione. «Non toccare» la avverto mentre lei mette il broncio.

«Eddài, Everly. Non riesco nemmeno a pensare con questa schifezza.»

«È questo il punto» grido per sovrastare la musica pulsante, ma subito dopo abbasso il volume perché non ha tutti i torti. Inforco gli occhiali da sole mentre aspetto che la fila di macchine in uscita dal parcheggio scolastico prosegua.

«Quanto ti ci è voluto per sentirti meglio l'anno scorso, quando tu e Jay vi siete lasciati?» Rosie si volta verso Dawn. Sposto lo sguardo sullo specchietto retrovisore così riesco a guardarla negli occhi.

«Mmm.» Arriccia le labbra e socchiude gli occhi mentre riflette. «Forse un paio di mesi.» Il suo sguardo incontra il mio nello specchietto. «Non so di preciso quanto tempo. Però un giorno è successo.»

«Che intendi dire?» le chiedo quando riesco finalmente a uscire dal parcheggio e a immettermi nella strada a due corsie davanti alla scuola.

«Be', sono stata piuttosto male più o meno per il primo mese. Mia sorella mi ha detto che dovevo cominciare a uscire con altri ragazzi. Ha detto che a volte è più facile dimenticare il tuo ex ragazzo se ne hai uno nuovo. In un primo momento non le ho creduto, ma dopo qualche settimana passata a sentirmi da schifo dovevo pur tentare qualcosa, così le ho permesso di combinare un appuntamento con un suo amico che era all'ultimo anno alla West. Siamo usciti solo un paio di volte, ma credo che questo mi abbia aiutato a non pensare troppo a Jay. Credo mi abbia fatto capire che il mio mondo non doveva ruotare attorno a lui, così ho cominciato a stare meglio.»

«Visto?» borbotta Rosie, dandomi una gomitata in mezzo alle costole.

«Sei a tanto così dal perdere il privilegio del sedile davanti.» Ridiamo tutte e tre quando Rosie mi fa una pernacchia.

«Dovresti almeno provarci.» Le parole di Rosie sono un misto di speranza e implorazione.

«Io penso che *tu* dovresti cominciare a uscire con qualcuno» ribatto. Rosie non ha mai avuto un ragazzo. Ha un sacco di amici maschi con cui messaggia di continuo, ma credo che abbia la brutta abitudine di etichettarli subito come amici senza neanche dar loro una possibilità.

Rosie gira la manovella per abbassare il finestrino, mettendo fuori il braccio per salutare un gruppo di ragazzi dall'altro lato della strada. «Mi piacerebbe provarci, ma ci vorrebbe un ragazzo in grado di attirare il mio interesse.»

«Reese mi ha detto che ti trova carina» interviene Dawn dal sedile di dietro, poi dà al sedile di Rosie un bello scossone. «Chiudi il finestrino, e smettila di fare l'oca.»

«Reese porterà Mindy al ballo. Se davvero mi trova carina, poteva chiederlo a me.»

«Se fosse tanto interessato a Mindy, non mi avrebbe fatto un milione di domande su di te durante l'ora di scienze.» Dawn riesce finalmente a tenere sotto controllo i capelli quando Rosie tira su del tutto il finestrino. Mia sorella non replica, ma capisco che quello che le ha appena detto Dawn le fa piacere. È sorprendentemente timida quando si parla di ragazzi. È l'unica parte della sua vita sociale con cui sembra avere problemi.

Mi fermo nel vialetto di Dawn e prima di andare mi assicuro che sia entrata in casa. Faccio per alzare di nuovo il volume della radio, ma Rosie mi ferma. «C'è una cosa che voglio dirti.» Il mio stomaco affonda all'istante sentendo quelle parole. Sento un'ondata di calore attraversarmi tutto il corpo. E quel battito rapido del cuore che in genere funge da avvertimento per un prossimo attacco di panico in arrivo.

«Di che si tratta?»

«Oggi ho sentito dire che Brady inviterà Elle di andare al ballo.» Mi osserva attentamente per un lungo istante, in attesa che dica qualcosa. O forse sta aspettando che crolli. Visto che continuo a tacere, aggiunge: «Volevo solo darti modo di abituarti all'idea prima che succeda. Mi dispiace. So che volevi tanto andarci con lui. È uno schifo che sia andato tutto all'aria prima che avessi modo di realizzare il tuo sogno».

Rosie ha ragione. Non vedevo l'ora di andare al ballo con Brady sin da quando abbiamo cominciato a organizzarlo al consiglio studentesco mesi fa. Ogni volta che discutevamo un nuovo dettaglio, immaginavo di essere là con lui. Quando abbiamo scelto la canzone-tema, fantasticavo di ballarla stretta fra le sue braccia. Quando abbiamo deciso il luogo, io avevo votato per il museo del volo perché sognavo di vagare tra i vecchi aeroplani con lui quando ci fossimo stufati di ballare. Stavo progettando la serata perfetta per noi, quindi è davvero doloroso immaginarli insieme.

Rosie mi posa una mano sulla spalla. Faccio un respiro profondo e poi espiro lentamente. Concentro la mia attenzione sulle brevi righe bianche che sembrano accelerare sotto la nostra auto. Faccio il possibile per contrastare l'attacco di panico che cerca di esplodermi nel petto. *Questa non è una minaccia. Sto bene.* Ripeto queste parole ancora e ancora finché non comincio a sentire che ho riguadagnato il controllo del cuore che batte all'impazzata. «Grazie» riesco a dire con un filo di voce.

«Andrà tutto bene. Per allora ti sentirai meglio» mi rassicura Rosie.

Guardo oltre il parabrezza mentre aspettiamo che scatti il verde. Odio Elle. Odio Brady. Odio il ballo. Ma soprattutto odio il fatto che vedermi affranta sembra intristire Rosie. «I ragazzi sono tremendi» dice. Quando finalmente scatta il verde, alza il volume al punto che sento praticamente vibrare i timpani. Mi chiedo se stia pensando a Reese che non le ha chiesto di andare al ballo con lui… perché, se è così, odio anche lui.

Magari non ci piace la stessa musica e abbiamo pareri discordanti sul livello di decibel a cui dovrebbe essere suonata, ma in questo momento siamo d'accordo sul fatto che il ballo e i ragazzi infliggono inutile sofferenza al cuore delle adolescenti. E a volte urlare a squarciagola le parole di una canzone heavy metal è l'unica cosa da fare per non crollare. Così cantiamo finché non restiamo senza voce e con i palmi indolenziti a forza di battere il tempo su cruscotto e volante. Non sistema le cose, ma per i due minuti che ci separano da casa siamo troppo prese a ridere e a cantare per dar peso al dolore nei nostri cuori.

9

Ho lottato contro l'ansia mercoledì sera e tutto giovedì dopo che Rosie mi ha detto quello che ha sentito su Elle e Brady. Per venerdì mattina ho usato tutti gli strumenti che mi ha fornito Laura per allontanare i miei pensieri da loro e concentrarli su qualcos'altro. Quel qualcos'altro si è rivelato essere Gabe. Ho pensato di mandargli un SMS da quando ho visto il suo numero sul frontespizio del libro. Sono passati diversi giorni da quando me l'ha prestato. Ho persino tentato tre volte di scrivergli, ma ho sempre cancellato tutto. Sembra proprio una persona che potrebbe rivelarsi un amico. Comprendo che abbiamo parlato solo un paio di minuti, ma mi è parso buffo e spiritoso, e ho la sensazione che sia anche intelligente. Cerco di non pensare troppo al fatto che lo trovo pure carino, anche se è difficile non farlo dopo la conversazione che ho avuto con Rosie. Non ho la minima intenzione di infilarmi in una relazione con lui, ma forse uno dei benefici addizionali dell'imparare a conoscerlo meglio è che il suo fascino mi aiuterebbe a non pensare a Brady.

Sarebbe strano mandargli un messaggio?, mi chiedo per la milionesima volta, fissando il telefono. Forse dovrei solo aspettare di rivederlo martedì a terapia. Le mie dita si fermano per un istante sulle lettere luccicanti prima di scrivere per l'ennesima volta il messaggio.

IO: Ciao Gabe, sono Everly Morgan. Ho finito il libro.

Premo Invia e poi aspetto che risulti consegnato. Il mio cuore accelera e mi dico che va bene anche se non mi risponde.

Mentre continuo a guardare il telefono, ansiosa di veder comparire una risposta da parte sua, squilla un promemoria del calendario che mi informa che mancano quattro settimane al ballo. Lo zittisco e lo giro col display all'ingiù sulla scrivania. Devo assicurarmi di raccontare le novità sul ballo a Laura.

Situazione: Brady porterà al ballo Elle

Emozioni: Delusione, turbamento, ansia, sofferenza

Pensieri controproducenti: Questo è il mio peggiore incubo che diventa realtà. Questa è davvero la fine per noi. Le foto del ballo sono permanenti.

Pensieri alternativi: Posso nascondermi nella mia stanza e fingere che non stia succedendo e nessuno se ne accorgerà. (Scherzo, Laura.) Il ballo non è l'evento più importante che mi capiterà nella vita.

Piego il foglio e lo infilo nella copertina del libro che ho preso in biblioteca. Di solito scelgo libri che parlano di storie d'amore, ma stavolta ho deciso di espandere i miei orizzonti e optare per qualcosa di distopico. Ok, forse di questa trama mi ha intrigata l'idea della morte di due adolescenti. Proprio quando mi sto mettendo lo zaino in spalla per andare a scuola, il telefono trilla per l'arrivo di un messaggio.

GABE: Che ne pensi?

IO: Avevi ragione. È bellissimo.

GABE: Di più.

IO: Grazie per avermelo prestato. Te lo riporto martedì se ci sarai.

GABE: Ci sarò.

Avrò un sacco di cose di cui parlare con la mia terapista martedì, e adesso che ho la certezza di trovare Gabe in sala d'attesa non vedo l'ora che passino questi pochi giorni, che so già mi sembreranno particolarmente lunghi con tutto il lavoro che ho da fare per il consiglio studentesco. Il ballo si avvicina e questo significa che sarò impegnata a preparare poster e striscioni promozionali. Ho già controllato le location all'inizio dell'anno e ho dato il mio parere su tutti i fornitori di cui ci serviremo per renderlo un successo. Non riesco a credere a come sia volato il tempo e so bene che presto tutti cominceranno a cercare un partner e comprare i biglietti.

Mia madre mi ha raccontato che quando andava a scuola lei invitare qualcuno al ballo non era un affare di stato. Le coppie si formavano automaticamente senza tante messe in scena e i single lo chiedevano ad altri single, a pranzo o tra una lezione e l'altra. Vorrei che la mia generazione avesse ereditato un po' di questa naturalezza. Abbiamo fatto dei passi avanti, per esempio è normale trovare anche coppie dello stesso sesso, ma abbiamo trasformato l'invito in una sceneggiata fin troppo teatrale. A complicare le cose, il personale scolastico asseconda questa follia: fornirà un viaggio gratis in limousine per il ballo alla coppia che inscenerà la proposta più memorabile. L'intero corpo studentesco voterà il giorno prima del nostro grande raduno per il ballo.

Mancano quattro settimane, che io sia pronta a farmene una ragione o meno. I biglietti saranno messi in vendita domani a pranzo, e io sono stata esonerata dalla lezione della prima ora per aiutare ad appendere i poster che pubblicizzano il tema di quest'anno e i prezzi dei biglietti. «Stay with Me» sembrava grandiosa come colonna sonora quando l'ho votata all'inizio dell'anno. Avevo immaginato me e Brady che la ballavamo, eleganti sotto le luci stroboscopiche, la mia testa posata sul suo petto mentre parlavamo di partire insieme per il college. Adesso lo immagino mentre balla con Elle e io lo imploro di restare con me.

Sono stata sulle spine per tutta la mattina, saltellando da una lezione all'altra sperando di non essere la vittima di qualche invito esagerato che poteva aver luogo nei corridoi. Alla terza ora la scuola ormai è un fermento di racconti. Sento che qualcuno ha usato almeno un centinaio di palloncini per attirare l'attenzione della potenziale compagna al terzo piano dell'edificio tre. Un altro tizio si è piazzato con la chitarra elettrica sui gradini dell'auditorium per suonare alla sua ragazza "la loro canzone".

Almeno non devo preoccuparmi di vedere Brady che lo chiede a Elle. Ne avevamo parlato quando stavamo insieme e mi aveva detto che non faceva per lui rendersi ridicolo davanti a tutti, che me lo avrebbe chiesto in privato così sarebbe stato più intimo… una cosa che solo lui e io avremmo capito. O almeno questo è il *pensiero alternativo* che continuo a ripetermi per non crollare in una valle di lacrime ogni volta che vedo un poster o sento l'ennesima storia dell'ultima ragazza invitata.

Mia nonna mi diceva sempre di non cedere all'energia negativa. Pensava che si potesse far accadere qualcosa di brutto soltanto pensandoci. Non le ho mai creduto, ma mentre lascio l'aula dopo la terza ora, mi ritrovo in un cortile decorato da stelle filanti marroni e oro, i colori della nostra scuola, che si agitano nella brezza sopra di noi. Sono ai piedi di un edificio di due piani quando l'intera squadra di football e quella delle cheerleader circondano il parapetto del secondo piano.

Dagli altoparlanti di un grosso stereo portatile, che qualcuno tiene sollevato sopra le teste di tutti, esce l'inno della scuola. Mentre osservo la scena, lo stereo pare fluttuare verso di me tra la folla e sento il cuore pompare a fatica per il terrore e la sofferenza che si sta sprigionando. Conosco le mani che stringono quello stereo. Le conosco perché per anni le ho tenute tra le mie… ho tracciato ogni linea con le dita mentre ci raccontavamo segreti.

Gli occhi di Brady incontrano i miei e il suo sorriso smagliante vacilla. Distoglie in fretta lo sguardo e intuisco il momento in cui trova gli occhi di Elle, perché il suo viso si illumina di nuovo per la felicità. Lei è appena uscita in cortile e si porta le mani alla bocca in modo perfetto, come se la scena fosse stata scritta da un grande sceneggiatore di Hollywood. Brady posa lo stereo e si china su un ginocchio mentre l'intera popolazione femminile si lascia sfuggire un sospiro.

Distolgo lo sguardo dalla scena e sento le gambe che cominciano a tremare. Mi volto e inizio a correre in direzione della scuola, incurante che tutto il corpo studentesco possa vedermi. È molto meno imbarazzante che farmi vedere singhiozzare in modo isterico.

La porta del bagno delle ragazze, fortunatamente, è a portata di mano mentre mi faccio strada a spintoni tra gli ultimi pochi studenti che si stanno dirigendo verso il grande spettacolo. Una mano forte mi afferra per il gomito e mi tira indietro, trascinandomi, invece, nel bagno dei maschi. I miei pensieri sono confusi e faccio per protestare, ma Gabe mi costringe a voltarmi e mi afferra per i gomiti.

«Meglio qui dentro» mi assicura gentilmente. «Non ci sono ragazze.»

Annuisco, ma mi scappa un singhiozzo e mi ritraggo dalla sua stretta per coprirmi il viso con le mani. Lui esita un istante e poi le sue calde braccia mi stringono, attirandomi al suo petto, accarezzandomi la nuca mentre vado in mille pezzi. Sento la porta aprirsi, ma Gabe urla: «Fuori dalle palle!» e la richiude alla svelta. Mi lascia andare e afferra il bordo dell'enorme pattumiera d'acciaio e la trascina contro la porta, barricandoci dentro, al sicuro. Poi mi stringe di nuovo tra le braccia.

Il mio viso è premuto contro il suo petto e sento il lento battere del suo cuore contro la pelle. Un respiro profondo e poi espira lentamente. Di nuovo. Finalmente smetto di piagnucolare provando a trattenere i piccoli singhiozzi che avevano preso il sopravvento. Lui non mi lascia andare, mi tiene stretta a sé, dondolando lentamente mentre cerco di ricompormi.

La sua voce è appena un sussurro, eppure è profonda e ruvida. «È stata la peggior imitazione di un film anni '80 che abbia mai visto. È un idiota e lei se lo merita. Ma non si è reso conto che i colori della nostra scuola sono orrendi? Marrone e oro. Dimmi una sola cosa romantica che sia marrone e oro. Il rosa, passi. Il rosso. Non sono un esperto, ma credo abbia fatto un gran casino.»

Una lieve risata mi sfugge dalle labbra, e anche se so che lo dice solo per farmi sentire meglio, non la trattengo perché mi sa che funziona. «Il giallo. Io ho visto usare il giallo.» Lo sento sorridere contro la mia testa.

«Il giallo può essere romantico. Il marrone no.»

«Grazie» sussurro mentre mi allontano. La sua testa si inclina di lato mentre osserva il mio viso congestionato dalle lacrime. Un lieve cipiglio gli curva le labbra un attimo prima di allungare la manica della felpa per asciugarmi la guancia. Mentre lo osservo attraverso gli occhi pieni di lacrime, mi chiedo perché è così gentile con me. Ci conosciamo appena.

Come se mi leggesse nel pensiero, aggiunge: «Scusa se ti è sembrato strano che ti abbia trascinato qui in questo modo. Mi sembravi sconvolta quando mi sei passata accanto di corsa e ho immaginato che ti servisse un po' di privacy». Sorrido debolmente e prendo la maglietta per il colletto e la sollevo per asciugarmi la faccia. Mi rendo subito conto dell'errore quando vedo le strisce nere lasciate dal mascara e i punti in cui è diventata semitrasparente. Dovevo scegliere proprio oggi come primo giorno per ricominciare a truccarmi.

Quando poso lo sguardo su di lui, Gabe sta sorridendo ma cerca di nasconderlo in caso io non lo trovi divertente. «Tieni» dice mentre posa lo zaino per terra e prende l'orlo della felpa. Quando comincia a sollevarsela sopra la testa, la maglietta sotto si sposta leggermente e colgo un accenno dei suoi addominali, tesi e abbronzati sopra la cintola dei jeans a vita bassa. «Metti questa.» Mi passa la felpa calda perché possa nascondere la maglietta. Lascio scivolare lo zaino dalle spalle e la infilo, respirando il suo odore mentre la passo sopra la testa.

«Grazie.» Mi avvicino ai lavandini e contemplo la mia immagine nello specchio. Ho un aspetto orribile. «E grazie per avermi fatta entrare qui. Devi credermi pazza.»

«Certo, perché vedere il tuo ex che invita al ballo la tua migliore amica dovrebbe essere una vera gioia.»

«Sei sempre così gentile con le ragazze che piangono a scuola?» Mi volto e mi appoggio a uno dei lavandini.

«Non lo so. Non ho mai visto una ragazza in lacrime da sola.» Dà un'alzata di spalle. «È una cosa che di solito è coperta dal codice delle ragazze.»

«Il codice delle ragazze?» Incrocio le braccia.

«Sì. Una ragazza piange, le amiche accorrono all'istante e le offrono rassicurazioni che sembrano farle superare il peggio.» Fa un passo avanti e solleva un dito, facendolo ruotare a indicare il mio spazio vitale. «Hai perso il tuo entourage.»

Annuisco d'accordo. «Il mio entourage era troppo preso a osservare il mio incubo che prendeva vita in cortile.» Lui ride debolmente e annuisce a sua volta. Si mette accanto a me e si volta per potersi sedere sul bordo del lavandino. Quando vedo che non si stacca dalla parete mi siedo anch'io. Che strano! Togliere il mio peso dalle gambe mi fa sentire subito le spalle più leggere. Probabilmente dipende più dal fatto di avere un amico con cui condividere questo momento che dalla semplice forza di gravità.

«Be', allora meno male che c'ero io.» Mi dà una spintarella con la spalla.

«A che lezione ti sto facendo arrivare tardi?» gli chiedo.

«Inglese avanzato.»

«Ma dài? Adoro Inglese, ma non volevo caricarmi troppo. Seguo già Chimica e Storia avanzate.» Sentire che segue un corso avanzato mi rende felice di constatare che abbiamo altro in comune a parte la terapia.

«È forte. Mi è sempre piaciuto leggere, ma odiavo che in tutte le mie classi di Inglese gli insegnanti si arenassero cercando di far partecipare anche i ragazzi che non amavano la lettura. Al corso avanzato, ogni studente riesce a seguire l'argomento e contribuisce alla discussione. È l'unico corso avanzato che seguo. Non tutti riescono a seguirne due.» Mi spinge di nuovo con la spalla, scherzosamente. E io contraccambio.

«Magari non ci riuscirò» dico con un sospiro. «Pensavo che seguire dei corsi avanzati avrebbe reso più facile l'ammissione in un buon college, e che sarei stata in grado di saltare qualche corso base l'anno prossimo, proprio non avevo pensato di dover superare qualche dramma liceale mentre in realtà dovrei studiare per gli esami.»

«Vedrai che alla fine ne sarà valsa la pena. I drammi liceali restano al liceo.»

«Lo spero. Una volta pensavo che questa sarebbe stata la parte migliore del liceo. Ero sicurissima che la fine del mio ultimo anno sarebbe stata memorabile. Che avrei avuto ottimi voti, sarei andata alle feste, che sarei uscita con le mie amiche e con il mio ragazzo. E pensare che avevo un po' d'ansia all'idea di quanto sarei stata triste una volta passato il ballo e dopo il diploma.» Guardo nei suoi occhi solidali. «Adesso ho l'ansia perché non finirà mai troppo presto.» La campanella trilla forte in corridoio e riecheggia tra le pareti attorno a noi.

«Ormai tutti dovrebbero essere a lezione, se vuoi tentare la fuga.» Scende dal lavandino. «Ti accompagno.»

Sto già scuotendo il capo. «Non torno a lezione. Non voglio che tutti mi vedano in questo stato.» Mi asciugo il viso ancora una volta, eliminando le ultime lacrime che mi hanno rigato le guance.

«Posso accompagnarti al cancello posteriore se vuoi tornare a casa.»

«Davvero? Sarebbe fantastico. Non voglio metterti nei guai, però.» Scendo anche io dal lavandino e mi metto di fronte a lui.

«Io non mi metterò nei guai, ma per te si profila un'assenza ingiustificata.»

«Non m'importa. Non posso andare a lezione in queste condizioni. Tutti sapranno che sono riusciti a farmi piangere.» Mi volto per rinfrescarmi il viso e poi uso una salvietta ruvida e marrone per asciugarlo. Ci rimettiamo in spalla gli zaini e io mi chiedo se sia il caso di restituirgli il libro adesso, ma sapere che ho un motivo per sedere accanto a lui martedì prossimo mi fa decidere altrimenti.

Aveva ragione lui, tutti ormai sono a lezione quando spostiamo la pattumiera, apriamo la porta e usciamo in corridoio. Si ferma un attimo per coprirmi la testa col cappuccio della sua felpa e poi mi prende per mano. Sinora non mi ero accorta di quanto mi mancasse tenere per mano qualcuno. Lascio che mi conduca al cancello posteriore mentre entrambi scrutiamo il cortile in cerca di insegnanti. La piscina della scuola è aperta al pubblico nei weekend quando non ci sono gare o partite di pallanuoto, quindi c'è un cancello che permette agli studenti di accedere al complesso senza dover usare l'ingresso principale.

Quando raggiungiamo il lucchetto a combinazione del cancello dei visitatori, lascia andare la mia mano e lo afferra. Le sue dita si muovono alla svelta, girando la ghiera avanti e indietro finché il lucchetto non scatta e lui può aprire il cancello quel tanto per farmi passare. Una volta dall'altra parte, rimette a posto il lucchetto e lo chiude. Le sue mani si sollevano e si appendono all'anello della catena davanti a lui.

«Ci vediamo martedì per i nostri appuntamenti?» Il suo tono la fa sembrare più una domanda che un'affermazione. Non vedo l'ora di rivederlo.

«Ci sarò.»

Lui sorride e fa un cenno di assenso. Mi volto per raggiungere la mia auto, dicendomi che prima ci arrivo e prima potrò calarmi il cappuccio della felpa sulla testa e lasciare che il suo profumo si porti via tutti gli orribili eventi di oggi.

10

I miei genitori lavorano entrambi da lunedì a venerdì, il che significa che quando torno durante le ore di scuola trovo la casa tutta per me. Una volta in camera mia, mi sfilo le scarpe e lascio cadere lo zaino per terra. Dovrei mettermi a fare i compiti, visto che aver saltato le lezioni di oggi significherà ancora più lavoro da fare la prossima settimana, ma ho bisogno di evadere, così tiro fuori il mio libro e mi butto sul letto.

Cerco di concentrarmi sulle parole, ma quando arrivo alla fine del paragrafo non ho idea di cos'ho appena letto. Dopo qualche minuto rinuncio e getto il libro sul pavimento, lì accanto. È in momenti come questo che penso di chiamare Elle. So che risponderebbe perché ha cercato di parlare con me sin da quella terribile mattina in cui l'ho scoperta insieme a Brady, ma non le darò questa possibilità. Ed è per questo che non posso assolutamente telefonarle, ricordo a me stessa. Nonostante abbia cercato di chiedermi scusa più volte, rimane sempre qualcuno che mi ha fatto soffrire ripetutamente, che ha usato ciò che le ho detto in via strettamente confidenziale per separarmi dalle persone che pensavo fossero mie amiche. La cosa migliore da fare è attenermi al mio piano e stare alla larga da lei, perché una conversazione potrebbe portare soltanto a un epico scontro verbale o alla conclusione che non saremmo mai più amiche. Non sono abbastanza forte emotivamente per affrontare nessuna delle due eventualità. Ricordo a me stessa per la millesima volta che non è sempre un male perdere alcune persone... magari non erano quelle giuste per te. È solo difficile guardarle andar via.

Mi ero preoccupata tantissimo che Brady invitasse Elle al ballo, ma oggi la parte peggiore non è stata tanto che l'abbia invitata, ma come lo ha fatto. Il Brady che conoscevo io non avrebbe mai inscenato tutta quella cagnara per invitarmi al ballo. Anzi, una volta l'estate scorsa ci siamo messi a sfogliare un vecchio annuario. Eravamo sdraiati a pancia sotto sul mio letto e ridevamo di tutte quelle foto di inviti così plateali. È una cosa del tutto estranea al suo carattere orchestrare una cosa simile dopo aver dichiarato che non si sarebbe mai sottoposto volontariamente a quel genere di umiliazione, anche se sapeva che la ragazza avrebbe accettato.

Se in realtà la considerasse una buona idea o se è stata Elle a convincerlo a farlo, non lo so. Ma sento una pesante ondata di terrore all'altezza dello stomaco mentre penso a quanto è cambiato rispetto alla persona che era una volta. E una piccola parte di me non può fare a meno di chiedersi se il motivo per cui ha sempre detto di non volermi invitare con una pagliacciata del genere era perché in realtà non mi voleva abbastanza bene.

Il telefono vibra dentro lo zaino e io mi trascino sul bordo del letto per prenderlo dalla tasca. Il nome di Brady scorre sulla parte alta del display e mi domando se sia possibile che abbia percepito che stavo pensando a lui. Sento il cuore accelerare e mi tremano le mani. Non mi aveva più mandato un messaggio dalla mattina in cui lo avevo scoperto con Elle.

BRADY: Mi dispiace per oggi. Ho dimenticato che alla terza ora eri nell'edificio di Elle.

Il mio cuore martellante impiega un minuto per riprendere il proprio ritmo prima di ridursi a un pulsare doloroso. Laura vorrebbe che mi concentrassi sulle sue scuse, ma il mio cervello continua a urlare che non è il *suo* edificio. Ho appena deciso che non vale la pena rispondere quando lui manda un altro messaggio.

BRADY: Come ti pare. Volevo solo che sapessi che non l'ho fatto apposta, per quel che vale.

IO: Quale parte non hai fatto apposta? La parte in cui hai chiesto alla ragazza che vedevi alle mie spalle di venire a un ballo cui sai che dovrò presenziare, o la parte in cui lo hai fatto in modo che ognuno dei nostri amici ti vedesse scegliere lei invece di me? Sto solo cercando di seguire il tuo ragionamento.

BRADY: Forse un giorno mi perdonerai e la smetterai di vedere ogni cosa che faccio come un attacco nei tuoi confronti.

IO: E forse un giorno ti renderai conto di cosa ho provato nel vederti voltare pagina tanto in fretta. Era la mia migliore amica. Non posso nemmeno rivolgermi a lei per cercare di superare la tua perdita.

BRADY: Non lo abbiamo fatto per farti soffrire. È capitato, tutto qui. Può ancora essere tua amica e posso esserlo anch'io.

IO: Grazie, ma credo che sceglierò i miei amici un po' più saggiamente d'ora in poi.

So che non risponderà, ma fisso il telefono per dieci minuti prima di lasciare che lo schermo si spenga. Prendo una penna dalla tasca dello zaino. Il libro che stavo leggendo è ancora a portata di mano e ne scorro le pagine finché non trovo il foglio strappato di un bloc notes.

Situazione: Brady è dispiaciuto che abbia rovinato il suo invito al ballo per il semplice fatto di far parte del loro mondo perfetto.
Emozioni: Rabbia, dolore, solitudine. Cuore spezzato di proporzioni epiche.
Pensieri controproducenti: Sono un'intrusa nella vita perfetta che si sta creando senza di me.
Pensieri alternativi: Forse anche lui si sente a disagio per la nostra rottura. Non come me, ma forse la situazione per lui è ugualmente pesante.

Piego il foglio, lo rimetto nel libro e poi mi giro sulla schiena. Mi tiro il cappuccio della felpa di Gabe sulla testa, stringendo forte il cordino in modo che solo il naso spunti dalla stoffa scura. Quasi vorrei chiamare la mamma, ma so che questo servirà solo a farla preoccupare, così resto qui sdraiata in silenzio.

Penso alla casa di riposo e a tutti i vecchietti con cui non ho potuto parlare. Mi sento in colpa per aver cancellato i miei turni. Poi penso alle scarpe da corsa nell'armadio. Allento il cappuccio e lo sfilo. Giro la testa e le guardo, una è buttata sul fianco, come l'ho lasciata settimane fa. Considero l'idea di una corsetta, ma non riesco a raccogliere un briciolo d'iniziativa. Invece continuo a starmene sdraiata, rivivendo nella mente l'invito di Brady, ancora e ancora.

Il resto della mattinata passa tranquillamente. Verso l'ora di pranzo penso per un minuto di farmi un panino, ma niente mi sembra appetitoso. Solo alle due, finalmente, esco dal bozzolo caldo della felpa di Gabe. Rosie mi messaggia per chiedermi se sto bene e per sapere dove mi nascondo. Le dico che è tutto ok e che sono già tornata a casa. So che chiamerà la mamma per dirglielo. Probabilmente uscirà di testa.

Quando squilla il telefono qualche minuto dopo immagino già di chi si tratta. «Ciao, mamma.»

«Tua sorella è preoccupata per te. Mi ha detto che te ne sei andata da scuola oggi. Non può diventare un'abitudine. Cosa sta succedendo?» La mamma non sembra arrabbiata, solo preoccupata. Forse teme che non supererò mai questa storia.

«Oggi l'ha invitata al ballo.»

«Oh, Everly, mi dispiace tanto. Deve essere stato terribile.» Percepisco il nodo che ho in gola crescere mentre ascolto le sue parole. «Vuoi che torni a casa? Potrei riuscire a rinviare qualche appuntamento.»

«No. Starò bene. Martedì vado da Laura.» Vorrei avere mia madre qui con me, ma so che tanto non servirà a niente. Mi ha abbracciato almeno cinquanta volte da quando Brady mi ha lasciata, ma le sue braccia non riempiono il vuoto che ho dentro e so che la mia incapacità di controllarmi non dovrebbe ripercuotersi sui suoi pazienti.

«Okay, tesoro. Tornerò a casa presto stasera. Possiamo guardare la tv insieme dopo cena, se ti va. Magari una bella commedia?»

«Grazie, mamma. Ti voglio bene.» Non le dico che so già che non mi va. Vorrò andarmene a letto, ansiosa di quelle poche ore in cui il mio cervello resterà spento.

«Io di più.»

Quando Rosie arriva a casa sono riuscita a darmi una ripulita. Non mi sono truccata dopo essermi lavata il viso, ma ho spazzolato i capelli e spalmato un po' di lozione alla mela sul collo e sul petto. Mi sono tolta la felpa di Gabe e l'ho ripiegata per potergliela restituire martedì. Rosie entra in camera mia e sorride quando vede che non sono un disastro totale.

«È stato penoso. Credo che Shane lo supererà a mani basse quando lo chiederà a Lizzy.» Spalanca la porta e si siede sul letto accanto alla felpa di Gabe. La osservo mentre fa scorrere le dita sulla stoffa scura. «Questa di chi è?»

«Di un amico.» Apro lo zaino, cercando di fare come se niente fosse.

«Un ragazzo?» Lei mi sorride e riesco a leggere la curiosità nei suoi occhi. Inclino la testa e inarco le sopracciglia.

«È solo un amico, Rosie. Non lasciarti prendere dall'entusiasmo.» Prendo la felpa e me la stringo al petto, non voglio che continui a toccarla.

«Heather ha detto che ti ha vista con un ragazzo alla terza ora. Pensavo fosse pazza.» Le sue gambe sono incrociate e adesso si puntella all'indietro sulle mani, dondolando il piede a un ritmo concitato.

«Forse Heather dovrebbe pensare di più per sé. È come se fosse allergica a farsi i fatti suoi.» Le intimo si uscire dalla mia stanza con un cenno. Lei ride e salta giù dal letto.

«Bene, ma voglio tutti i dettagli su questo "amico", così non dovrò sentirli dalle altre ragazze durante l'allenamento.» Lascia la stanza e io la seguo. Mi appoggio allo stipite mentre la osservo percorrere il corridoio.

«Non capisco perché tutti parlano di me al tuo allenamento.»

«Everly, tu proprio non lo sai quanto ti invidiano quelle ragazze. Sei bella e intelligente. Quando la smetterai di nasconderti, i ragazzi faranno la fila per uscire con te.»

«Promettimi una cosa, allora.»

«Qualunque cosa.»

«Prendimi a schiaffi se dovessi anche solo pensare di innamorarmi ancora di un altro ragazzo.» Lo dico sul serio. Ho bisogno che lei faccia parte del mio progetto di recupero. Può fare la guardia al mio cuore, visto che chiaramente io non gli ho prestato sufficiente cura. Lei alza gli occhi al cielo per la mia dichiarazione melodrammatica, poi entra in camera sua e chiude la porta.

11

Dopo la conversazione con Rosie passo altri venti minuti nella mia stanza a fissare il soffitto, ma alla fine smetto di pensare a Brady e Gabe ed Elle e comincio a chiedermi come cavolo farò a ritrovare un po' di felicità. Brady rappresentava una grossa fetta della mia vita e di sicuro ha fatto parte di un sacco di momenti felici, ma non mi sono mai considerata il tipo di ragazza il cui intero mondo ruota attorno al suo ragazzo (anche se sto scoprendo che in parte era così). Anche mentre stavo ancora con Brady ero una persona che usciva con le amiche, sempre al lavoro per un evento del consiglio studentesco e che passava ore a perdersi nei racconti degli ospiti della casa di riposo.

Rotolo su un fianco e prendo il telefono, scorrendo i miei contatti finché non trovo il nome che cercavo.

«Pronto?»

«Ciao, Angie. Sono Everly.» Spero che non capisca quanto sono nervosa nel cercarla come amica e non per faccende riguardanti la scuola.

«Lo so. Ho il tuo numero in rubrica.» Ride flebilmente. «Che c'è?»

«Mi chiedevo se fossi libera più tardi. Magari potremmo vederci e bere qualcosa. Ma se hai da fare è lo stesso.» Voglio essere sicura di incassare un'eventuale scusa da parte sua.

«A dire il vero, stavo per finire di fare i compiti. Ti va di venire al centro commerciale con me? La mamma mi ha lasciato i soldi per comprare le scarpe per il ballo. Potremmo cenare lì nell'area ristoro.»

Sorrido da un orecchio all'altro, ma dico a me stessa di darmi una regolata quando rispondo. «Sembra perfetto. Grazie.» Decidiamo che prenderà lei la macchina e io mi affretto a radunare telefono e chiavi di casa prima di andare ad aspettarla fuori. Sono un po' preoccupata che non si riesca a trovare un argomento di conversazione e che ci saranno dei lunghi istanti di silenzio quando non avremo nulla da dirci, ma cerco di non pensarci troppo.

Non abbiamo ancora raggiunto il centro commerciale quando mi rendo conto che mi sono agitata per niente. Angie e io parliamo tantissimo, non smettiamo nemmeno per un attimo durante il tragitto in macchina. Magari non abbiamo anni di amicizia alle spalle, ma tra noi c'è una certa uniformità di vedute. Quando raggiungiamo i negozi, mi sento perfettamente a mio agio con lei. Gironzoliamo dall'uno all'altro finché non trova il paio di scarpe perfetto, argento col tacco alto che si intona al vestito.

«Hai più pensato di trovarti un cavaliere? Penso che ti divertiresti e ti aiuterebbe a distrarti dai tuoi pensieri.» Porge la scarpa al commesso e chiede il proprio numero.

«No. Non voglio che sia un appuntamento al buio, però. Grazie per l'offerta, ma una cosa del genere mi mette moltissima agitazione.» Non nascondo la mia ansia, ma di solito non ne parlo con nessuno. Confidarmi con lei è un grande passo per me.

«Fai quello che è necessario per goderti la serata.» Mi dà una lieve stretta alla spalla. «Ma credo che tra qualche anno ti pentirai di non esserci venuta. Elle e Brady fanno già parte del tuo personale incubo dell'ultimo anno, non dovrebbero rovinarti anche il ballo.» L'uomo ritorna con una scatola. «E poi a volte metterti in tiro basta a farti sentire meglio. Fa bene all'anima» dice Angie, facendomi l'occhiolino mentre si infila le scarpe e comincia a incedere per il negozio. La osservo, invidiosa della sicurezza che la spinge a camminare con la fierezza di una modella anche con i pantaloni della tuta arrotolati sino al ginocchio e una maglietta oversized che nasconde il suo corpo minuto. Quando fa una giravolta di fronte allo specchio, mi metto a ridere.

Dopo aver lasciato il negozio, giriamo per la nuovissima zona ristoro. Sono finiti i tempi dei piccoli stand di fast food con le piastrelle beige e marroni. La nuova disposizione ospita pareti di un bianco abbagliante, piante grasse che pendono dai giardini pensili e cibi succulenti pronti in confezioni da portar via. La luce naturale filtra dalle ampie vetrate attorno a noi. Chiudo gli occhi per un secondo, assaporando il momento, quando viene chiamato il numero di Angie e lei si allontana per prendere l'ordinazione al banco.

«Allora, cosa fai di solito dopo la scuola?» mi chiede Angie quando finalmente è pronta anche la mia pizza e troviamo un posto dove sederci.

«Faccio volontariato in una casa di riposo un paio di giorni a settimana. Sono nella squadra di mediazione tra pari, e una volta al mese ci sono delle riunioni dopo la scuola. A parte questo mi limito a fare i compiti, cerco di stare al passo con il calendario delle attività scolastiche e quando ho tempo, prima che faccia buio, vado a correre.»

«Ti piace fare la mediatrice? Non riesco a immaginare di stare ad ascoltare tutti quei drammi.» «Sì, a me piace. Mi piace arrivare al nocciolo delle cose e vedere che si può trovare una soluzione. Detesto quando abbiamo a che fare con un bullo, per esempio. Di solito riesco a capire nel giro di dieci minuti se riusciremo a raggiungere un accordo o se ci sarà bisogno dell'intervento di un adulto. E tu? Cosa fai di solito dopo la scuola?» le domando, prima di dare un morso alla pizza.

«Faccio la babysitter. Ho una vicina nella mia via che ha due bambini piccoli. Quando deve restare in ufficio fino a tardi o magari vuole andare in palestra o al club del libro, mi chiama. È un lavoro facile e così mi guadagno qualche soldo per andare avanti l'intero mese. Ci sono delle cose che voglio fare prima del diploma e avere un po' di contanti da parte non guasta.»

«Per esempio?» Agito il bicchiere, facendo in modo che la cannuccia tocchi il fondo per poter bere una lunga sorsata.

«Voglio seguire un corso di autodifesa. So che potrebbe sembrare che non sia in grado di difendermi per via della mia statura, quindi voglio imparare per smentire questa cosa. Spero di non dover mai usare queste tecniche, ma visto che questo autunno potrebbe toccarmi di attraversare un campus buio, non guasterebbe conoscere qualche mossa utile.» Arrotola gli spaghetti con la forchetta e prende un boccone succulento.

«Ho sempre desiderato fare un corso del genere. Credo che abbiano appena aperto un circolo vicino a casa mia. Ho visto un sacco di donne a fine lezione uscire tutte sudate ma sorridenti. Magari potremmo andare a dare un'occhiata uno di questi giorni.»

«Dici davvero? Sarebbe fantastico!» Emana un incredibile entusiasmo. «E poi volevo chiederti una cosa. Ti andrebbe di dare una mano con lo scherzo dei diplomandi?»

«Non ti facevo una burlona. A che cosa avete pensato finora?» Sono piuttosto sicura che non si è mai messa nei guai, in nessun ambito della sua vita. Non riesco a immaginarla prender parte a un'iniziativa che potrebbe ostacolare la sua strada verso il diploma. Lei si limita a sorridere e dare un'alzata di spalle in modo ritroso.

«Voglio andarmene col botto. Cosa possono farmi? Ho un curriculum scolastico immacolato. Non credo proprio che mi puniranno se dovessero beccarmi.» Beve un sorso della sua bibita e poi si avvicina per raccontarmi il piano. «Trasformeremo il cortile quattro in un party sulla spiaggia.»

«E come farete?» Mi piace l'idea.

«Be', *noi* porteremo la sabbia e qualche piscina gonfiabile. Per il momento c'è stato solo uno scambio di messaggi. Il nostro primo vero incontro per discutere i dettagli sarà venerdì prossimo a pranzo. Devi venire. Ci serve tutto l'aiuto possibile per renderlo memorabile!» Mi accorgo di annuire prima ancora che lei finisca la frase. Ho già un milione di idee per rendere lo scherzo leggendario, ma un secondo dopo mi ricordo che probabilmente ci saranno anche Elle e Brady. Angie deve aver letto il terrore sul mio volto, perché aggiunge in fretta: «È solo un piccolo gruppo di studenti dell'ultimo anno. Non lo diremo a nessun altro finché non saremo sicuri che nessuno vada a spifferarlo alla persona sbagliata».

«Okay, ci sto.»

«E tu, che mi dici? È rimasto ancora qualcosa nella tua personale lista di cose da fare prima del diploma?»

Mi prendo un minuto per riflettere sulla domanda. Adesso che nel mio cervello la nebbia della mia relazione naufragata si sta diradando, finalmente guardo alla fine del mio ultimo anno di liceo con occhi nuovi. Non ho pianificato nulla perché ero troppo presa a pensare a cosa avrei fatto insieme a Brady. Angie mi sta ricordando che c'è un intero mondo di esperienze da provare che non hanno nulla a che fare con l'essere in coppia. «Voglio iscrivermi alla partita di football femminile di fine anno.»

Angie per poco non fa cadere la forchettata di spaghetti. «Davvero? Lo sai che ad allenarla sono alcuni membri della squadra maschile, vero?» La sua espressione è chiaramente preoccupata.

«Lo so.» Le rivolgo un sorriso teso. Anche se in qualità di rappresentante è mio il compito di organizzare la partita, sono stata riluttante a iscrivermi proprio per questa ragione. Ma non volevo più permettere alla mia paura di vedere Brady di impedirmi di fare le cose che mi piacciono. E ho una voglia matta di giocare sin da quando ero al primo anno.

«Dovremmo cominciare a lavorarci su per vedere come ti sentirai quando arriverà il momento.» Credo sia questo che amo di più di Angie: mi incoraggia a uscire dal limbo, ma senza farmi pressione. Non posso rinviare ancora a lungo. La partita fa parte delle competizioni dei diplomandi durante la settimana dedicata allo spirito scolastico, e se non ci diamo una mossa non avremo abbastanza iscritte per renderla un successo.

«Mi sembra una buona idea.» Sarà divertente vedere in quale posizione le mie amiche sceglieranno di giocare. Mentre immagino chi possa essere dei nostri, mi assicuro di ritagliare un posto anche per Angie. «Ci servirà una cornerback.»

Angie finge di esaminare la propria figura minuta. «Sembra che sia proprio io la ragazza giusta per questo ruolo.»

Ridiamo, poi finiamo la cena. Finora sono rimasta in disparte in attesa che tutti questi momenti mi passassero addosso; forse affrontarli di petto mi aiuterà a riacquistare il controllo della mia vita.

12

Lunedì mattina parcheggio la macchina in un posto libero nella fila riservata agli studenti dell'ultimo anno. Sono rimasta in piedi fino a tardi a buttar giù qualche idea per la settimana dello spirito scolastico e creare un programma allettante. Sono in anticipo perché voglio riuscire a fare qualche domanda alla prof Cramier prima dell'inizio delle lezioni. Credo di avere tutti i dettagli di cui ho bisogno per ottenere il sostegno del consiglio, ma non posso esserne sicura finché non avrò il suo nullaosta. Sono un tantino ansiosa perché ho paura di non farcela a rendere la settimana di quest'anno indimenticabile per tutti i diplomandi.

Un colpo al finestrino mi fa sussultare e mi porto la mano al petto per tenere a freno il cuore che per lo spavento minaccia di saltarmi fuori dal torace. Gabe è fuori dal lato del passeggero, cerca di non ridere mentre faccio dei respiri profondi. «Scusa» dice in fretta quando lo guardo con gli occhi ridotti a due fessure. Quel corso di autodifesa con un po' di fortuna mi insegnerà a non spaventarmi a morte in momenti come questo. Tiro giù il finestrino, ma invece di infilare la testa dentro per parlare lui abbassa la sicura, apre la portiera e si siede in fretta accanto a me.

«Buongiorno» dico, ruotando sul sedile per poter guardare la sua espressione divertita.

«Sei nervosetta.» Si appoggia allo schienale e mi sorride. Anche se volessi arrabbiarmi con lui per lo spavento che mi ha fatto prendere, proprio non ci riesco quando mi guarda con questa espressione affascinante. «Ho visto la tua macchina e ho pensato di venire a salutarti.» Tira su il finestrino così gli studenti che passano non possono sentire la nostra conversazione.

«Ciao» rispondo con una risatina, lasciando cadere in grembo la mano che avevo ancora premuta sul petto.

Gabe si guarda attorno dentro la macchina, notando la radio che sto ascoltando e il ciondolo appeso allo specchietto retrovisore. Ho dimenticato di toglierlo. È il numero che ha Brady nella squadra di football. Gabe si protende a osservarlo più attentamente. Allungo una mano e lo tolgo dallo specchietto, tenendolo nel palmo. Gabe mi guarda in silenzio, ma non ho l'impressione che mi stia giudicando. Mi sento un po' in imbarazzo per averlo dimenticato finora. Me lo prende di mano e apre il cassetto del cruscotto, poi lo infila con cautela e lo richiude.

Fissiamo entrambi oltre il parabrezza e osserviamo alcuni ragazzi che attraversano il parcheggio. È inquietante avere quel ciondolo tra noi. All'improvviso voglio che sparisca, perché è come se avesse il potere di soffocarmi per il solo fatto di tenerlo con me. Allungo in fretta la mano per aprire il cassetto e afferro il ciondolo funesto. Lo stringo in pugno e cerco con lo sguardo un posto in cui sbarazzarmene. Gabe mi osserva con curiosità e mentre i miei occhi trovano un grosso cespuglio al di là del vetro, dalla parte del passeggero, e lui si volta per seguire il mio sguardo.

«Sembra che tu abbia trovato un'ottima dimora» dice con tono rassicurante, abbassando il finestrino dal suo lato. Non fa altri gesti. Quando alzo il braccio per prepararmi al tiro, lui si fa indietro per lasciarmi spazio. Il mio cuore accelera di nuovo, il sangue mi scorre in fretta nelle vene, facendomi venire il capogiro. Tutto ciò che apparteneva a Brady è stato impacchettato con ordine e mia sorella ha provveduto a restituirglielo.

«Grazie» dico rilassata dopo aver lanciato il ciondolo e averlo osservato cadere in un buco scuro della vecchia siepe. Gabe si sporge dal finestrino per vedere dov'è atterrato, ma è inutile. L'ho osservato sprofondare nell'ombra e perdersi per sempre. Mi sento… meglio.

La sua lieve risata riempie l'abitacolo mentre tira su il

finestrino. «È contro il codice stradale avere la visuale ostruita» dice, eccessivamente serio, come se avessi avuto bisogno di una giustificazione per aver perso momentaneamente la testa.

«Ho avuto la visuale ostruita per moltissimo tempo.» Sospiro e mi appoggio allo schienale. Non chiarisco il mio pensiero perché deve già sapere che non parlo più del ciondolo.

«Dovremmo bruciare della salvia o roba simile?» chiede, abbassando il mento e girando la testa per potermi guardare. Non posso fare a meno di ridere. Non gli direi mai che mi ha sfiorata l'idea di farlo. Quanto sarebbe facile se potessimo bruciare della salvia e scacciare con il fumo le vecchie emozioni.

«Forse.» Mi volto e incontro il suo sguardo. Mi chiedo se dovrei evitare di mostrarmi tanto vulnerabile con lui, ma è più forte di me. Non sono mai stata brava a nascondere ciò che provo e qualcosa in Gabe mi invita a confidarmi con lui. Annuisce e si guarda attorno. Apre la portiera e scende dalla macchina. Lo osservo allungare la mano attraverso il finestrino aperto di un'auto parcheggiata accanto e prendere l'arbre magique appeso allo specchietto. Torna in macchina e chiude la portiera.

«Più o meno.» Estrae l'alberello dalla confezione e la mia macchina viene pervasa completamente dalla fragranza del pino appena tagliato. «Non sono sicuro di cosa dovremmo dire.» Lascia dondolare l'alberello.

«Non ci ho riflettuto abbastanza a fondo» ammetto con un'alzata di spalle.

«Qual è la tua canzone preferita?» La sua domanda mi coglie di sorpresa e lo guardo negli occhi mentre rifletto sulla risposta da dargli. Lui attende pazientemente. «Puoi essere sincera. Non riderò di te» scherza. Il pensiero non mi aveva nemmeno sfiorata. Un ragazzo che molla tutto per consolare una ragazza nel bagno e poi ruba un arbre magique solo per farla sorridere non sembra il tipo intransigente con i gusti musicali altrui.

«*Nobody to Blame* di Chris Stapleton, mi sembra adatta per l'occasione.» Ho gusti musicali sconfinati. Adoro molte cose, dal rock al country. Lui mi rivolge un cenno di incoraggiamento.

«È perfetta per l'occasione.» Preme la schiena contro il sedile e solleva i fianchi per prendere qualcosa dalla tasca. Rido quando tiene in equilibrio l'albero e tira fuori il telefono dai pantaloni. Lo tiene sollevato per me prima di risistemarsi e far scorrere le dita sul display. Guarda la mia faccia mentre parte la canzone. Mi si scalda il cuore mentre lui dondola il capo seguendo il ritmo.

«Non avrei mai pensato che ti piacesse la musica country» dico, con la voce abbastanza alta per sovrastare la canzone.

«Scherzi?» ribatte lui, con la fronte corrugata. «Mi piace tutta la buona musica. Rap, rock, country, le vecchie canzoni.» Posa il telefono sul cruscotto e mi porge l'arbre magique. Io rido e scuoto la testa, troppo timida per farlo. Lui inclina la testa di lato e tende l'alberello un po' più vicino. Il suo sorriso è contagioso. Quando mi copro il viso e scuoto la testa, lui usa la mano libera per tirarmi via le mani. Agita il profumatore in giro, per assicurarsi di purificare l'aria in ogni angolo che riesce a raggiungere.

«La gente penserà che sei pazzo» lo avverto, mentre alcuni ragazzi passano davanti alla macchina.

«La gente penserà quello che vuole pensare, Everly. È nella natura umana cercare di riempire i vuoti. Tu credi che sia pazzo?» mi chiede mentre arriccia il naso e strofina con fare teatrale l'alberello sullo specchietto dove prima era appeso il ciondolo. Il profumo fresco sta diventando troppo intenso, ma lui continua come se la cosa più importante sia finire la sua missione e depurare la mia auto dell'energia negativa di Brady.

Fa di nuovo penzolare l'alberello davanti al mio naso e questa volta lo tiro via dal suo dito. «No, ma forse dovrei. Mi stai aiutando a purificare la macchina con un arbre magique al pino silvestre rubato dal vicino.» Sto ridendo di nuovo mentre alzo gli occhi al cielo e agito l'alberello nell'angolo più vicino. So che non è salvia, e non stiamo facendo nulla di veramente rituale per scacciare l'energia negativa, ma in un certo senso sembra che funzioni. Sto ridendo e dimentico per un momento il peso della rottura con Brady mentre Gabe indica due o tre punti che ho saltato.

Le nostre risate cominciano a diventare colpi di tosse quando la fragranza ci travolge. Gabe mi prende l'alberello di mano e lo infila nella sua confezione di plastica. Apre la portiera, scende e allunga il braccio attraverso il finestrino dell'auto vicina per rimetterlo dov'era. Quando torna a sedersi gli lancio un'occhiata curiosa.

«Che c'è?» chiede lui sorridendo come se l'intera faccenda fosse del tutto normale.

«Lo hai rimesso a posto?!» Agito una mano davanti alla faccia in cerca d'aria fresca. Entrambi tiriamo giù i finestrini nel tentativo di non soffocare per l'odore pungente.

«Sarò anche pazzo, ma non sono un ladro!» mi risponde mentre ridiamo.

Non riusciamo proprio a calmarci prima che suoni la campanella. «Oh, merda!» sibilo, allungando una mano dietro il sedile per prendere lo zaino e sbrigandomi a chiudere il finestrino. Gabe salta giù ed emerge dal mio lato, insieme a una nuvola di pino silvestre. È così piacevole stare con lui che il tempo è volato. Attraversiamo il parcheggio di corsa, ridendo mentre tagliamo tra le auto ed evitiamo i blocchi di cemento. Ci fermiamo quando raggiungiamo la strada che separa il parcheggio dalla scuola. Gabe allunga una mano per prendermi il braccio non appena c'è una breccia nel traffico.

Siamo in pieno sprint finale quando superiamo la vecchia signora addetta al cancello, entrando un attimo prima che lo chiuda alle nostre spalle con un sonoro rumore metallico, scuotendo il capo con disapprovazione. «A dopo!» grida Gabe mentre imbocca la scalinata dell'edificio quattro, a due gradini alla volta, e io sguscio in classe proprio mentre suona l'ultima campanella.

13

Il giorno dopo Angie si siede vicino a me durante il consiglio studentesco. Le sorrido e sposto il foglio su cui ho preso appunti cosicché possa leggere. I suoi occhi si muovono in fretta mentre lo scorre. «Solo qualche idea» dico mentre aspetto che finisca. Gli altri membri del consiglio si stanno muovendo intorno alla stanza, lavorando indipendentemente. Angie sorride e guarda alle proprie spalle per assicurarsi che nessuno ci stia guardando.

«Sono idee fantastiche!» sussurra con entusiasmo. Ritiro il foglio e lo piego. Mi annoiavo alla seconda ora, così ho passato un po' di tempo a pensare a cosa potrebbe servirci per trasformare il cortile in una spiaggia. Spesso ho l'impressione che le giornate si trascinino lente, ma quando ho iniziato la lista mi sono sentita rinvigorita. Mi sembrava di aver innescato qualcosa dentro di me e, una volta iniziato, trovare idee per me è stata una ventata d'aria fresca.

«L'unico problema è che non sono sicura di come faremo a portare abbastanza sabbia.» Sarebbe troppo costoso comprarla, e sono sicura che ci sono delle norme che impediscono di prelevarla dalle spiagge.

«Kathy ha un aggancio. Suo padre lavora nell'edilizia o qualcosa del genere, e per lei trovarne anche una tonnellata sarà uno scherzo. Credi davvero che riusciremo a trovare una palma?» Ride, indicando il disegnino che ho scarabocchiato in fondo alla pagina.

«Penso che sarebbe grandioso. Non sono ancora sicura della logistica, ma immagina che spasso sarebbe sistemarla proprio al centro del cortile. Ho controllato anche Craiglist e ho trovato qualche grill e dei vecchi cestoni per il ghiaccio a prezzi ragionevoli. Dobbiamo fare in modo che nessuno possa risalire a noi, ma più grandi sono gli oggetti, più sarà difficile per la scuola rimuoverli prima che tutti possano vederli.»

Angie annuisce e prende il telefono dalla tasca. Comincia a digitare in fretta. «Apro un nuovo gruppo così puoi vedere anche tu a cosa stiamo lavorando e inserire le tue idee in modo da condividerle anche con gli altri.» Il telefono mi vibra in tasca non appena preme Invia.

La professoressa Cramier entra nell'aula e io infilo il foglio ripiegato nella tasca posteriore. Di solito passa le giornate delle riunioni nel suo ufficio, confidando che noi lavoriamo agli incarichi assegnati. Di tanto in tanto fa un salto, per vedere se siamo davvero concentrati, o per dirci qualcosa. Guarda in giro per la stanza e quando incrocia il mio sguardo sorride e viene nella mia direzione.

«Everly, volevo parlarti per un minuto.» Prende una sedia dall'altro lato del tavolo. «Anche con te, Angie.» Angie e io ci guardiamo in fretta e mi domando se il suo cuore batte all'impazzata come il mio. Meno male che la prova dello scherzo dei diplomandi è nascosta al sicuro nella mia tasca.

«Certo» dico con più scioltezza possibile.

«Ho parlato con il coach Carter della partita di football femminile. Mi ha assicurato di trovare due volontari per allenare le ragazze.» Ci sorride e sento lo stomaco contorcersi e premere sotto le costole. Cominciano a sudarmi le mani e ho quella strana sensazione extracorporea. *Ti prego, non dire Brady.*

«È fantastico» dice Angie. Mi guarda e nei suoi occhi leggo preoccupazione. Cerco di sorridere, ma sono certa di essere paralizzata. «Ha detto di chi si tratta?» Mi rivolge un sorriso teso prima di rivolgersi alla prof.

«Sì.» Sto aspettando le sue prossime parole come un imputato attende che il giudice pronunci la sentenza. Starò bene qualunque nome stia per pronunciare, ma se si tratta di Brady c'è un'enorme probabilità che la mia tanto desiderata esperienza non sarà divertente come speravo. Si appoggia allo schienale della sedia e ho la sensazione che possa aver sentito parlare di cos'è successo tra me, Elle e Brady. In fondo ne parlano tutti, e la Cramier è una dei docenti preferiti tra gli studenti.

«Ho suggerito che forse quest'anno è il caso di scegliere ragazzi che non sono sempre sotto i riflettori. Sarebbe divertente se avessero l'occasione di dimostrare agli studenti quel che sanno fare.» Le sue parole affondano nella coltre della mia ansia e io lascio uscire l'aria che mi era rimasta intrappolata nei polmoni. Si protende leggermente in avanti, rendendo la conversazione tra noi tre più intima e significativa. «Penso sia importante che gli studenti allenatori abbiano un profondo senso etico, non credete?»

Adesso non c'è dubbio, sa tutto. Mi prende la mano e la stringe leggermente prima di alzarsi. «Grazie» è tutto quello che riesco a dire mentre la guardo negli occhi. Il suo sostegno alleggerisce il dolore nel mio cuore.

Lei fa un cenno d'assenso. «Hai già tanto a cui pensare senza restare invischiata con chi non ti tratta con il rispetto che meriti. Goditi la partita, Everly. Sono sicura che Ethan e Hector saranno fantastici come allenatori.» Si volta e torna nel suo ufficio, lasciando Angie e me senza parole. Dopo un intero minuto passato a tentare di convincermi che la conversazione sia avvenuta sul serio, mi volto verso Angie e la vedo sorridere. Apre le braccia e poi mi stringe forte.

«Te l'avevo detto che sarebbe andato tutto bene!» dice, e per la prima volta sono convinta che andrà davvero così. Passiamo il resto della riunione a discutere della partita e a preparare una proposta di allenamento con il responsabile degli sport. Riusciamo ad avere un programma provvisorio prima che suoni la campanella e io me ne vado felice, speranzosa ed eccitata, sapendo che la giornata può solo migliorare quando vedrò Gabe prima della seduta con Laura.

Questa volta mi batte sul tempo. Quando apro la porta di vetro lo trovo già seduto sul nostro solito divano, con due grosse tazze in mano. Sorrido e lui mi porge una tazza fumante mentre mi siedo accanto a lui. «Non ero sicuro che ti piacesse il caffè, così ho preso due cioccolate calde.»

«Grazie.» La bevanda calda mi dà una gradevole sensazione e placa il mio stomaco. In pratica è tutto il giorno che non mangio e mi accorgo solo adesso di quanto sia stato difficile rilassarsi e godersi qualcosa. Gli restituisco la felpa e il libro che mi ha prestato. Li posa in cima al portatile che tiene in grembo. «Sono un po' triste ora che devo ridartelo» gli dico.

Sorride e picchietta con un dito sulla copertina. «È

uno dei miei preferiti. Mia sorella Maggie mi ha convinto a leggerlo più o meno un anno fa, e non appena l'ho finito ho dovuto leggere tutti i suoi libri.»

«Viene a scuola da noi?»

«Ci veniva. Si è diplomata due anni fa.» Tiene lo sguardo basso e si passa una mano sui capelli corti.

«Non conosco molte persone che si sono diplomate con lei. Non so nemmeno il vostro cognome.» Sono quasi in imbarazzo ad ammetterlo, ma le parole mi escono di bocca senza pensarci.

«Darcy.» I suoi occhi incontrano i miei e sembra che stia aspettando una qualche reazione da parte mia, ma anche il cognome non mi dice niente. Do un'alzata di spalle e bevo un altro sorso di cioccolata. Il suo petto si sgonfia con una certa delusione e guarda il soffitto per un istante prima di posare la caviglia sull'altra coscia e voltarsi verso di me. «Era nella squadra di corsa campestre. Ha ottenuto una borsa di studio per Berkeley.»

«Wow, davvero sorprendente. Anche a me piace correre. Non mi ci sono dedicata molto nell'ultimo periodo, ma anche quando lo facevo regolarmente non sono mai stata abbastanza veloce per ottenere una borsa di studio!» Mi volto a guardarlo e la conversazione d'un tratto mi sembra più intima.

«E tu? Hai fratelli o sorelle?»

«Rosie. È al secondo anno. È nella squadra delle

cheerleader.» Lui annuisce e beve un sorso. La signora impicciona della scorsa settimana spinge la porta di vetro e si siede di fronte a noi. Mi rivolge un lieve sorriso prima di prendere una rivista dalla propria borsa. Mi chiedo se stavolta la leggerà davvero o se pensa di origliare gli ultimi sviluppi della nostra neonata amicizia.

Gabe rivolge una rapida occhiata alla donna e poi abbassa la voce. «Volevo chiedertelo ieri, com'è andata la giornata dopo che te ne sei andata da scuola venerdì?»

«Un incanto.» La mia risposta gli provoca una lieve risata. «Ne ha parlato chiunque per tutto il pomeriggio?» Odio che la mia voce suoni disperata, ma so che mi dirà la verità.

«Sino all'ora di pranzo, poi Aaron Sharpner è arrivato con un cucciolo per la sua ragazza e lo ha portato in giro di nascosto per tutta la scuola con questo gigantesco fiocco intorno al collo e allora quella è diventata la notizia del giorno.»

«Stai scherzando. Un cucciolo?» Scuoto la testa per l'incredulità, sia per quello che ha fatto Aaron sia perché non ne ho sentito minimamente parlare... forse perché lunedì Jonathan Little è riuscito a radunare il club di teatro e a organizzare un flash mob nel parcheggio per invitare la diretta interessata. A quanto pare questo ha reso il cucciolo storia antica.

«Un cucciolo con un fiocco rosso. Gli ho dato qualche

punto in più per aver scelto un colore tradizionalmente romantico.» Questa volta scoppio a ridere e la donna di fronte a noi abbassa la rivista e si protende in avanti come se questo la aiuterà a sentirci meglio. Le rivolgo un'occhiataccia e poi mi volto di nuovo a parlare con Gabe.

«Provo pena per il vostro sesso» lo prendo in giro.

«Perché? Se stai per dire che non sappiamo come essere romantici, vorrei farti notare che Jack Messer ha portato un tavolino pieghevole e ha organizzato un pranzo a lume di candela per Tanya Bisbee prima che le responsabili della mensa gli facessero rapporto per aver rischiato di scatenare un incendio a scuola.» Solleva il sopracciglio, sfidandomi a contraddirlo sul romanticismo. Rido e scuoto la testa.

«Credo sinceramente che i ragazzi sappiano essere romantici. È solo che non ritengo giusto che tutta la tensione dell'invito ricada su di voi. Ho sentito dire che il 1998 è stato il primo anno in cui hanno permesso alle coppie dello stesso sesso di partecipare al ballo. Parliamo di tanti anni fa. Questo fa pensare che si siano fatti progressi nelle aspettative di genere e si dovrebbero vedere più ragazze che invitano ragazzi.» Io non sono mai stata abbastanza coraggiosa, ma conosco qualche ragazza che lo farebbe.

«Di sicuro renderebbe le cose più interessanti.» Ruota il corpo nella mia direzione. Una delle sue braccia forti si posa sullo schienale del divano. Gabe è sicuro di sé, ed è una cosa che mi attira. «Allora» esordisce con un ghigno «tu come faresti?»

Il mio cuore accelera un pochino per l'eccitazione. Strizzo gli occhi e mi lascio sfiggire un sospirone, fingendo di rifletterci intensamente. Non ci ho mai pensato. «Vedi di cosa parlo?» Mi sventolo il viso scherzosamente. «C'è così tanta pressione.» Lui ride e si puntella la testa sulla mano.

«Ho qualche minuto. Non potrai fare peggio di una pessima imitazione degli anni '80.»

«Immagino che dipenderebbe dalla persona che vorrei invitare. Penso che gli inviti migliori non siano quelli che colpiscono un osservatore esterno, ma che abbiano un significato per chi invita e chi è invitato.»

Lui fa un cenno di assenso. «Vero. Odio esser messo in imbarazzo davanti a un folto gruppo di persone. Non so se avrei il fegato di espormi in pubblico con una trovata stucchevole per cercare di convincere una ragazza a ballare con me. Ma devo ammetterlo, certe iniziative che vengono dal cuore e chiaramente rappresentano qualcosa per la coppia interessata mi colpiscono. Mi scopro a fare il tifo per il tizio in questione invece di scuotere la testa e chiedermi su quale sito web ha rubato l'idea.»

Aggiungiamo fascino e ironia alla lista delle cose che mi piacciono di Gabe.

«La penso come te. Per ora ho evitato i video postati sui social, ma di tanto in tanto se uno sembra creativo e non la solita idea priva di originalità rubata da internet, non posso fare a meno di cliccare per guardarlo.» Suppongo che nel mio cuore ci saranno sempre delle cellule che si accenderanno per un gesto romantico. Magari un giorno qualcuno mi aiuterà a coltivare quella parte di me, ma per il momento è già tanto sapere che esiste.

«Non puoi essere tanto brava a scovare i video vincenti.» Gabe mi osserva a occhi socchiusi, con un certo sospetto. «Devi aver visto qualcosa di terribile per sbaglio, almeno una volta.»

«È una vera disdetta non poter cancellare ciò che hai visto su internet.» Scuoto la testa per cercare di dissuaderlo dal chiedermi di approfondire.

«Be'» dice con un sospirone «adesso dovrai raccontarmi tutto.»

«Bene. Ma poi non dire che non ti avevo avvertito. Il video era intitolato "Tatuato sul cuore".» Mi porto le mani al petto per formare un cuore con le dita. Sorride con un tale calore che è come se lo sentissi nel petto mentre mi guarda. «Mi ha colpito il titolo. Non era un nostro compagno; era di una scuola dell'est, credo. Indossava un maglione e sembrava andasse tutto bene finché all'improvviso la situazione non ha preso una brutta piega.»

«Perché hai la faccia tutta corrucciata in questo modo?» Ride sommessamente della mia espressione disgustata. Vorrei tanto poter cancellare quell'immagine dalla mente, ma purtroppo sono certa che vi resterà per sempre.

«Ha detto tutte queste cose splendide rivolto a lei.» Continuo con il racconto, ricordando il sorriso della ragazza che cresceva a ogni complimento.

«Fin qui è tutto normale.»

«Poi si è tolto il maglione e... aveva la parola "ballo" rasata tra i peli sul petto.» Cerco di non ridere di nuovo mentre mi picchietto il cuore e inarco le sopracciglia. «Sul cuore.»

«Te lo stai inventando.» Il suo volto è serio e io mi mordo il labbro per non ridere troppo forte.

«No.» Tiro fuori il telefono e cerco il video. Mi ci vuole un minuto per trovarlo e mostrarlo a Gabe.

«Credo che dovrò passare la mia seduta a cercare di estirpare quell'immagine dalla mente» dice alla fine.

«Quello è stato l'apice della mia giornata» ribatto con un sorriso. «È evidente che le risate sono la terapia migliore.» Lui si passa di nuovo una mano sulla testa e mi sorride. Penso di chiedergli se possiamo vederci fuori da lì, per una volta senza questa ficcanaso tra i piedi, ma le parole non trovano la via della bocca e il terapista apre la porta e lo chiama.

«Buona fortuna» lo prendo in giro.

«Sto già cominciando a rimuoverlo.» Si alza e scompare nello studio, e prima di pentirmi della mancata occasione Laura apre la porta. Entro nel suo ufficio con i primi sintomi della delusione che cominciano a incombere su di me.

«Come stai, Everly? Qualche novità?» Si siede sulla poltrona di fronte a me e io butto la tazza vuota nel cestino dei rifiuti prima di prendere il mio cuscino preferito e tenermelo in grembo, sfilandomi le infradito e ripiegando i piedi sotto il sedere.

«È come se mi avessero spinta giù dalla mia *scala della paura.*»

Le sue labbra fremono come se fosse sul punto di ridere, invece si trattiene. «Che intendi dire?» Fa roteare la penna tra le dita.

«Mi hai detto di pensare alla mia più grande paura e ho scelto Brady che invita Elle al ballo di fine anno come gradino massimo. Pensavo che avessimo tempo per procedere un gradino alla volta e che mi avresti fornito degli strumenti per affrontare la questione strada facendo. Purtroppo, le cose sono andate diversamente. Venerdì sono uscita dalla lezione della terza ora e sono precipitata nel mio incubo peggiore.» Tiro l'orlo del cuscino eccessivamente imbottito. Lei attende che io prosegua.

«È stata una cosa pacchiana, sdolcinata e assolutamente eccessiva, però non ero preparata. Sono crollata. Sono corsa verso il bagno delle ragazze, ma qualcuno mi ha fermato.»

«Un tuo amico?»

Faccio cenno di no, ma poi annuisco. «Non lo so. Credo di sì.» Indico con il capo lo studio accanto. «Era quel ragazzo, Gabe, che era in sala d'attesa. Mi ha trascinata nel bagno dei maschi di modo che le ragazze non potessero vedermi piangere. Poi mi ha aiutato ad andar via dall'uscita posteriore della piscina per non dover tornare in classe.»

Laura mi rivolge un sorriso solidale. «Cos'hai provato ad avere accanto qualcuno preoccupato per i tuoi sentimenti?»

«Credo che mi abbia aiutato. Mia madre e mia sorella cercano sempre di darmi sostegno, ma a volte questo mi fa sentire peggio. Si preoccupano talmente tanto per me che mi sento obbligata a rassicurarle che starò bene. È solo che non ci credo nemmeno io.»

«E con Gabe?»

«Con lui è diverso. Mi ha aiutato e mi ha fatto ridere.» Sento le guance avvampare per l'imbarazzo.

«Sembra un'ottima persona da avere accanto.»

«Vero?»

«Tu fai moltissimo per gli altri.» Apre la mia cartella e solleva qualche foglio. «Fai volontariato, hai fatto da mentore per le ragazze delle medie e qualche mese fa hai ricevuto un premio per aver completato sessanta ore di mediazione tra pari. Sei una giovane donna forte e straordinaria. È meraviglioso che qualcuno abbia voluto fare qualcosa di gentile per te.»

Non posso fare a meno di arrossire un pochino per il suo complimento. Non faccio tutte queste cose per avere un riconoscimento, lo faccio perché mi dà l'impressione di poter fare una differenza, per piccola che sia.

«Allora, qual è la tua peggiore paura adesso? Pensavi che l'invito ti avrebbe uccisa, ma sei sopravvissuta. È stato doloroso e hai pianto, ma poi hai continuato a respirare.» Chiude lentamente il fascicolo e scorre il taccuino in cima alla pila che ha in grembo.

«Ho continuato a respirare ma ho saltato la scuola. Non è la scelta migliore, e se dovesse continuare a succedere i miei genitori si infurierebbero.» Metto il cuscino da parte e allungo i piedi sull'ottomana.

«No, non è la scelta migliore, ma ciononostante è una scelta. Pensa a questa come a una specie di modalità di crisi. Conoscevi i tuoi limiti e te ne sei andata. La prossima volta forse sarai in grado di restare.» Prende un breve appunto e poi torna a guardarmi.

«La mia nuova paura è che non riuscirò mai a riavere indietro la mia vita. Voglio sentirmi di nuovo normale. Voglio sorridere di nuovo spensierata, e non preoccuparmi che mi si spezzi il cuore ogni volta che giro l'angolo. Voglio di nuovo attendere qualcosa con entusiasmo e mangiare senza sentirlo come un dovere. Le cose non miglioreranno mai?»

«Questa è una domanda a trabocchetto. Sì e no. Un giorno sorriderai di nuovo, smetterai di guardarti attorno in attesa che succeda qualcosa di brutto e ti verrà di nuovo voglia di mangiare, ma non sarai più la stessa persona di un tempo. Non vorrai esserlo. Hai imparato moltissime lezioni dalla tua storia con Brady e a causa della vostra separazione ora sai bene come amare ed essere amata, come impegnarti con qualcuno e come sopravvivere quando quella persona ti tradisce. Sono tutte lezioni che non vorrai dimenticare. Sono diventate parte di te. Col tempo ti sentirai sempre meglio, anche se sarai diversa.»

Annuisco e sento le labbra curvarsi in un sorriso. Sembra perfetto. Spero solo che mi aiuti ad arrivarci presto.

«Dammi una paura che possiamo vincere, un traguardo che vuoi raggiungere.»

«Voglio andare al ballo e divertirmi.» Le parole mi escono di bocca in fretta.

«È fantastico! Costruiamo la tua scala e vediamo se riusciamo a fare qualche progresso.» Mi porge un foglio bianco con un portablocco su cui appoggiarmi e mi fa disegnare in fretta la scala.

«Okay, inserisci la tua più grande paura sul gradino più

alto.» Seguo le sue istruzioni e scrivo *Andare al ballo senza Brady* in grossi caratteri, in grassetto. «Adesso dobbiamo solo trovare un modo per arrivare in cima. Cosa ti sembra leggermente meno spaventoso di riuscire ad andare al ballo senza di lui? Il gradino sottostante.»

«Ballare un lento con qualcuno. È da tantissimo che non ballo un lento con qualcuno che non sia Brady.» Guardo Laura per avere la sua approvazione. Lei mi rivolge un sorriso d'intesa e indica il foglio. Scrivo *Ballare un lento con un altro ragazzo* sul gradino sottostante.

«E subito sotto cosa scriviamo?»

Stavolta non devo nemmeno pensarci su. «Le foto. Sembrano così permanenti.» Non aspetto nemmeno che mi pungoli, scrivo in fretta *Foto del ballo senza Brady*. Sul gradino successivo scrivo *Imbarazzanti foto di famiglia*. Poi scrivo *Invito* sull'ultimo gradino.

«Studiamo un limite di tempo per questo scalino. Senza una scadenza è un sogno, non uno scopo.»

«Se non trovo nessuno che mi inviti entro il lunedì che precede il ballo, dovrò chiederlo io a qualcuno.» Al solo pensiero mi si contorce lo stomaco e sento un'ondata di adrenalina.

«Vedrò di ricordartelo.» So che lo farà, ma questo obiettivo dipende completamente da me. Mantengo la solita ora per l'appuntamento del prossimo martedì e Laura mi dà una pacca sulla spalla quando me ne vado, dicendomi che è fiera del lavoro che ho fatto finora.

Mentre raggiungo la sala d'attesa vedo che Gabe sta uscendo dallo studio del suo terapista. Non mi volto indietro verso Laura, ma riesco a percepire il suo sguardo su di noi mentre lui da bravo cavaliere mi tiene la porta aperta.

14

Il parcheggio si sta svuotando mentre scendiamo insieme i gradini antistanti all'edificio. Quando raggiungiamo l'ultimo scalino, lo guardo e sorrido, curiosa di scoprire cosa succederà adesso. Mi accompagnerà alla macchina o ci separeremo qui? Mentre questo pensiero mi attraversa la mente, sento uno sfarfallio nervoso all'altezza dello stomaco.

«Devi tornare subito a casa?» gli domando. Distoglie in fretta lo sguardo e lo riporta su di me con un sorriso sbilenco. Anche lui è nervoso, l'aria tra noi sembra farsi più densa mentre aspetto che risponda.

«No. Basta che rientri per le otto.» Abbiamo all'incirca tre ore, e sono piuttosto elettrizzata al pensiero di trascorrerle con lui. Dopo il bel pomeriggio che ho passato con Angie venerdì, ho capito che razza di errore sia stato isolarmi da possibili nuove amicizie, e non voglio perdere l'occasione di conoscere meglio Gabe. «Possiamo fare qualcosa insieme, se ti va.» Si porta la mano dietro la nuca, e la passa sui capelli ispidi.

«Okay.»

«Davvero?» Sembra sorpreso. Rido e annuisco. «Benissimo. Hai fame? Potremmo andare a mangiare qualcosa.» Io non ho mai fame, ormai, ma non glielo dico adesso perché muoio dalla voglia di stare con lui. Mando un SMS alla mamma per farle sapere che sono fuori con un amico e che tornerò per il coprifuoco.

«Certo.»

Gabe indica il suo pickup in fondo al parcheggio. «Guido io.» Zigzaghiamo tra le poche auto rimaste e lui fa scattare la chiusura centralizzata, ma viene dal lato del passeggero per aprirmi la portiera. Salgo e allaccio la cintura di sicurezza mentre lui chiude e fa il giro. Una volta indossata anche lui la cintura, mette in moto e la musica inonda l'abitacolo.

Non ho mai sentito questa canzone, ma il mio corpo è spinto subito dal desiderio di seguire il ritmo. Io no, sia chiaro – Gabe penserebbe che sono completamente pazza – ma mi protendo un pochino per vedere se il display dello stereo indica il nome del cantante. «Se vuoi puoi cambiare» dice quando mi scopre a guardare lo schermo.

«Mi piace! È che non l'ho mai sentita. Chi la canta?»

«Ed Sheeran.» Alza il volume e aspetta che ascolti il ritornello. L'accento marcato del cantante a volte rende difficoltoso capire le parole, soprattutto perché vengono pronunciate in fretta, ma mi piace da matti. La voce appassionata in contrasto con il suono costante della chitarra quasi mi riverbera nel petto.

Gabe mi sta osservando e abbassa leggermente il volume per poter parlare. «L'ho visto in concerto una volta. Maggie voleva andarci e in un modo o nell'altro è riuscita a convincermi ad andare con lei, anche se credevo che sarei stato l'unico maschio in mezzo a una marea di dodicenni. C'erano tantissime ragazze, infatti, ma anche un sacco di ragazzi.» Ingrana la retro e posa il braccio sopra al poggiatesta del mio sedile per poter vedere meglio mentre esce dal posteggio. In questo momento mi accorgo che ho una voglia matta che mi tocchi, che non è esattamente quello che vorrei da un amico, ma allontano in fretta quel pensiero. La sua mano è a un soffio dalla mia pelle eppure sembra lontanissima.

«Non sono mai stata a un concerto.» I suoi occhi sfrecciano incontro ai miei e un'espressione sconcertata gli altera i lineamenti.

«Mai? Nemmeno a quello di qualche imbarazzante boy band o di una diva del pop con la voce da gallina?»

«No» rispondo, con una risata. «Adoro la musica, forse non c'è ancora stato nessun gruppo o cantante che mi abbia fatto venire voglia di vederlo dal vivo. È stato bello?»

«È stato fantastico. Suona con una loop station. È incredibile a vedersi. C'è solo lui con la chitarra, un microfono e questa macchina. Sale sul palco e parte con la prima traccia sonora, il ritmo di sottofondo della chitarra, e la registra. Poi suona un'altra traccia, poi la voce di sottofondo. Alla fine, quando tutte le tracce vengono riprodotte insieme, lui comincia a improvvisare con la chitarra e a cantare come se fosse la cosa più facile al mondo, ma tu sai che non è così. Lui è tutta la band.» Siamo fermi all'entrata del parcheggio, ed è chiaro quanto sia affascinato da come sgrana gli occhi e mima con le mani la chitarra mentre mi spiega i vari passaggi.

«A quanto pare mi sono persa un grande concerto.»

«Devi vederlo» afferma in modo categorico. Quando gli rivolgo un lieve cenno d'assenso, mi domanda: «Cosa vorresti mangiare?»

«Sinceramente?» chiedo con un sospiro, appoggiandomi al sedile. Osservo il suo profilo, le ciglia scure che gli incorniciano quegli occhi unici e la mascella che forma una linea netta perpendicolare alla pelle liscia del collo. È molto diverso da Brady, e mi chiedo se questo aumenti il suo fascino.

Guarda a sinistra e poi a destra, oltre il mio viso, per trovare una via d'accesso nel traffico. Quando ci immettiamo in strada, si volta di nuovo a guardarmi. «Sinceramente.» Il mio sguardo scende sulle sue labbra e poi torna a incontrare i suoi occhi.

«In questo periodo il cibo è l'ultimo dei miei pensieri.» Dal suo cenno del capo è chiaro che ha capito, e mi volto a guardare oltre il parabrezza. Forse è perché so che anche lui è in terapia, o forse è per come mi ha consolata in quel bagno, ma sento che con lui non ho bisogno di fingere. Mia madre mi darebbe qualche buffetto e mia sorella si lancerebbe in un predicozzo sulla necessità di andare avanti e di non concedere al mio ex ragazzo e alla mia ex migliore amica questo potere su di me. Mi aspetto che si intrometta anche lui per dire la sua, ma per fortuna si limita ad ascoltare.

Ci fermiamo nel posteggio di una gelateria. Parcheggia proprio davanti all'ingresso e poi spegne il motore. «Che ne dici di un frappè?» I miei occhi scendono sulla sua mano, posata sul sedile tra noi.

«Vada per il frappè.» Non riesco a ricordare l'ultima volta che ne ho bevuto uno. Il mio stomaco sembra risvegliarsi un pochino all'idea e, se mi concentro a fondo, forse riesco a sentire il lieve morso della fame.

Entriamo e ordiniamo i frappè, che offre Gabe, ma invece di sederci a uno dei tavoli torniamo al pickup. «Voglio farti vedere una cosa. Ti va di fare un giro?» mi domanda.

Annuisco, per paura di aprir bocca e fargli capire quanto sono emozionata. Cominciare a conoscerlo è elettrizzante. Non chiedo dove stiamo andando mentre lui sorseggia il frappè e si reimmette in strada. Non ha importanza, mi basta stare con lui.

«Ho qualche altro libro per te se ti interessa.» Si appoggia allo schienale mentre percorriamo una stradina.

«A quanto pare leggi un sacco. Ti piacciono generi diversi o ne hai uno preferito?» gli domando.

«Buffo che tu lo chieda. Una volta leggevo solo saggistica. I miei libri preferiti erano le autobiografie delle leggende dello sport o degli eroi di guerra. Ma poi la mia famiglia ha attraversato un brutto periodo, e ho cominciato a prediligere la narrativa. Credo mi sia sembrata una via di fuga o giù di lì. Una volta pensavo fosse una perdita di tempo. Non sono un gran patito di finzione, ma ho scoperto che a volte gli autori sanno raccontare una storia in modo talmente convincente che devi fare uno sforzo per ricordare che non c'è nulla di vero.»

«Infatti! È proprio quello che mi sono detta quando ho finito il libro che mi hai dato. Se non mi fossi aggrappata a questo pensiero sarei finita in un mare di lacrime.» Bevo un sorso di frappè mentre Gabe ride.

«Non mi facevo mai trasportare emotivamente da un libro» dice per scherzo, e io rido per l'espressione sul suo viso. Sono contenta di sapere che non sono l'unica a farsi conquistare dalle parole di un grande romanzo.

«Qual è la storia peggiore che hai letto?»

Esito prima di rispondergli, perché mi chiedo cosa

penserà di me. «Mi vergogno a dirlo» ammetto alla fine.

«Non dirmi che leggi fanfiction su Justin Bieber. Guarda che ti riporto dritta dall'analista» mi sfotte.

«No.» Scuoto la testa e rido. «Leggo molti romanzi rosa sul Kindle.» Arriccio il naso e gli occhi in attesa del suo giudizio.

«Anche mia sorella adora quelle storie. Potreste metter su un club di lettura parecchio hot se vi conosceste. Ma dimmi qual è quel libro orrendo...»

Sento le spalle rilassarsi. Non ho mai incontrato un ragazzo che parla di libri come lui. A Brady non piaceva leggere e si infastidiva quando volevo raccontargli qualcosa che avevo appena letto. Una volta ha cominciato a fare dell'ironia su un romanzo che mi ha trovato sul Kindle e da allora appena li finisco li elimino subito. «Mi sono fatta abbindolare dalla quarta di copertina. Era una storia d'amore tra due adolescenti. Mi piacciono le storie in cui posso immedesimarmi.»

Gabe sta sorridendo e quando la strada glielo permette mi lancia qualche occhiata. È evidente che è interessato a ciò che sto dicendo, così vado avanti. «Ho adorato i primi cinque capitoli. La protagonista si innamora di questo ragazzo affascinante. Escono un paio di volte e poi, non appena la storia comincia a farsi interessante, muoiono entrambi e diventano vampiri.»

Gabe scoppia a ridere. «Vampiri?»

«Stupidi, stupidi vampiri!» Rido. «Senti, non giudico chi va matto per questo genere. Posso capire che alcune ragazze adorino l'idea di un vampiro sexy che si innamori di un'umana, ma a me non va di leggere roba simile. Penso che si dovesse accennare a questo piccolo particolare nella quarta.»

«È terribile.»

«Dillo a me! Mi ero già affezionata ai personaggi. Avevo concesso all'autrice qualche ora del mio tempo libero e quella mi ha dato una botta in testa e mi ha trascinato in una direzione in cui non volevo andare.»

«Che vuoi dire che ti ha trascinato… lo hai finito!» Mi punta un dito contro quando deduce correttamente che non potevo lasciare la storia a metà. «Sul serio, Everly?» mi prende in giro. «Non ti facevo un'ammazzavampiri.» Apro la bocca per fingermi offesa, ma scoppio a ridere un attimo dopo. Chiudo gli occhi e mi accascio contro il poggiatesta. Stiamo ridendo a crepapelle adesso, e mi porto la mano libera sullo stomaco. I muscoli sono già indolenziti perché non ridevo così da un sacco di tempo.

«Mia sorella mi ha costretto a leggere tutta la serie di *Twilight*» ammette quando alla fine ci calmiamo, ma questo ci fa ricominciare da capo.

«Ti ha *costretto*?»

«Okay, forse solo il primo. Ma dovevo scoprire come

andava a finire. Se racconti il mio segreto ad anima viva, negherò tutto.»

Sto ridendo talmente tanto che mi fanno male le guance quando traccio una croce sul cuore con il dito. La strada serpeggia dietro vasti grattacieli e centri commerciali. Gabe mi racconta di un famoso veterano della nostra città che pilotava aeroplani durante la Seconda guerra mondiale. Il piccolo aeroporto in fondo alla strada è intitolato a lui. Mentre ballonzoliamo sull'asfalto dissestato vedo il suo taccuino a terra, tra noi due. Mi chiedo quale sia il compito che gli ha assegnato il suo analista e se è in terapia da tanto. Bevo un sorso di frappè, approfittandone per dargli un'occhiata mentre lui è concentrato sulla strada. Non sono sicura di dove mi stia portando, ma stare con lui mi fa sentire meglio di come sono stata per parecchio tempo. Alla fine si ferma in un parcheggio deserto vicino all'aeroporto.

Il sole sta cominciando a calare dietro gli edifici più alti quando lui si infila a marcia indietro in un posto vicino alla recinzione. Scendiamo e lui abbassa il portello posteriore, posandovi il bicchiere e poi voltandosi verso di me. Non ce la farò mai a salire. Anche abbassato, il portello mi arriva al di sopra dello sterno. Poso il frappè vicino al suo, pensando che magari resteremo qui in piedi.

Il ruggito di un motore a reazione si fa sempre più forte mentre un jet privato percorre la pista accanto a noi. Quando si solleva da terra, lo guardiamo acquistare altitudine e allontanarsi finché il rumore non diventa solo un lieve ronzio in lontananza. Riporto lo sguardo su Gabe e lui tende le mani. Comprendo che si sta offrendo di sollevarmi di peso e quel gesto cavalleresco mi fa arrossire dalle guance sino alla base del collo. Lui inarca le sopracciglia con fare interrogativo e io annuisco, accettando il suo aiuto.

Le sue mani calde e forti sono sui miei fianchi, il calore del suo corpo è abbastanza vicino per assorbirlo, e il suo odore è ormai familiare quando mi afferra e mi solleva senza sforzo, adagiandomi sul portello.

Non toglie subito le mani, e io mi accorgo di trattenere il respiro mentre lo guardo negli occhi. È un gesto del tutto innocente, il suo, ma adesso il suo corpo massiccio è fermo tra le mie gambe, ha le braccia posate sulle mie cosce mentre mi guarda in viso. Mi chiedo se la sua pelle è morbida attorno agli occhi e ruvida sul mento. Il suo sguardo scende sulle mie labbra per un breve istante.

Gabe fa un rapido passo indietro. Il pickup dondola per un secondo quando lui salta su agilmente e si siede accanto a me, porgendomi il mio bicchiere. Mi puntello all'indietro su una mano e osservo un altro aereo che decolla sopra di noi, stavolta un piccolo mezzo a propulsione. Vivo in questa città da tutta la vita e non avevo idea che esistesse questo parcheggio, figurarsi lo spettacolo a cui puoi assistere.

«Allora, cosa fai quando non sei dall'analista o bloccata a scuola?» mi domanda, lo sguardo che segue un aereo che plana dal cielo e atterra all'altra estremità dell'aeroporto.

«Faccio volontariato in una casa di riposo e gestisco diverse faccende per il consiglio degli studenti. In questo momento, con il ballo di fine anno alle porte, ci sono un sacco di piccoli dettagli di cui occuparsi. E poi passo molto tempo con mia sorella e i miei genitori.»

Gabe beve gli ultimi sorsi del suo frappè e poi mette da parte il bicchiere. «Com'è fare volontariato in una casa di riposo? Non ne vedo una da quando è morta la mia bisnonna. Ricordo ancora l'odore che si sentiva nei corridoi.»

Il sole sta cominciando a calare all'orizzonte, rivelando le splendide sfumature rosa e arancio che rendono il cielo simile a un dipinto. «Ero un po' nervosa all'inizio. È difficile affrontare di petto le tue paure. Non vorrei mai essere confinata in un letto o su una sedia a rotelle alla fine della mia vita. Mi rattristava molto vedere che alcuni ricoverati non ricevevano mai visite.» Agito il bicchiere e spingo la cannuccia sino in fondo per bere l'ultimo rimasuglio. «Adesso non vedo l'ora di tornarci. Anzi, mi assicurerò di passare nelle stanze di chi non riceve visite da un po'. È facile scoprire di chi si tratta perché i visitatori devono firmare all'ingresso. In realtà mi sento in colpa per non esserci più andata con tutto quello che mi è successo.»

«Sono sicuro che capiranno. Che cosa fai con loro?» mi chiede. Poso il bicchiere e mi appoggio di nuovo sulle mani.

«Ad alcuni fa piacere che legga per loro. Certi libri restano sul loro comodino per mesi. Ci vuole un po' a finirli, visto che sono l'unica a leggere. Ad altri piace mostrarmi le foto di famiglia o ascoltare vecchi programmi radiofonici registrati su cassetta.» Mi volto a guardarlo. «E tu cosa fai dopo la scuola... a parte passare il tempo in piscina?»

«Ho un sacco di responsabilità a casa.» Sento la sua voce incrinarsi leggermente. Abbassa lo sguardo per qualche istante. «Anch'io passo del tempo in famiglia. A volte è difficile perché i miei lavorano tantissimo. Mia madre insegna Inglese all'università statale e mio padre è un artista grafico per una società di produzioni video.»

Sento la pelle d'oca e comincio a tremare. La voce di Gabe è profonda vicino a me. «Hai freddo?»

Sì, ma non voglio che questo momento insieme a lui finisca. «Sto bene. Credo sia il frappè.» Lui si toglie la felpa, e io provo una lieve fitta di delusione quando si mette a posto la maglietta che si era sollevata.

Mi accorgo che il solo fatto di star seduta qui accanto a lui mi mette in agitazione. Sento il battito accelerare e lo stomaco farsi più leggero, come se Gabe avesse la capacità di sprigionare nel mio organismo una scintilla invisibile. È molto attraente, e mi scopro a fissare quegli splendidi occhi mentre lui mi porge la felpa. La infilo e percepisco il calore lasciato dal suo corpo. Mi rimetto comoda sulle mani e faccio dondolare lentamente i piedi sotto il portello. «Posso farti una domanda personale?»

Lui annuisce e mi guarda. «Chiedimi pure tutto quello che vuoi» risponde, sdraiandosi e intrecciando le mani dietro la testa. Tiro su il cappuccio e mi sdraio accanto a lui, dimenandomi un pochino per mettermi comoda. I nostri visi sono rivolti allo splendido cielo sopra di noi, i nostri occhi socchiusi per il bagliore del sole calante. Infilo un braccio dietro la testa e faccio un respiro profondo.

«Perché sei in terapia?» Mi volto e lo guardo negli occhi. L'esitazione che percepisco mi fa pentire di avergli fatto questa domanda. Apro la bocca per dirgli di lasciar perdere, ma lui fa un bel respiro e comincia a parlare.

«Mia sorella ha tentato il suicidio poco più di un anno fa, e sono stato io a trovarla.» La sua voce non vacilla, ma le sue parole sono talmente pervase di sofferenza che sto male per lui.

Il cielo sopra di noi è di nuovo privo di traffico aereo e il silenzio comincia a farsi assordante mentre sento il cuore pulsarmi nelle orecchie. «Scusa, non erano affari miei.» Lo guardo negli occhi perché capisca che sono sincera.

«Non è proprio un segreto. Un sacco di ragazzi a scuola lo hanno saputo.» Adesso mi sta guardando, imitando la mia posizione, con il viso rivolto verso di me. «Ha cominciato ad avere qualche problema al liceo, ma i miei hanno pensato che il suo fosse il tipico comportamento adolescenziale. All'ultimo anno le cose sono peggiorate, ma abbiamo creduto che fosse soltanto per via dello stress. È un'ottima studentessa e seguiva un sacco di corsi avanzati, in più faceva parte della squadra di corsa campestre. Ha cominciato a peggiorare in autunno. Dormiva per giorni interi, non riusciva ad alzarsi dal letto. I miei hanno pensato che stesse esagerando con gli impegni. Qualcosa non andava, però.» I suoi occhi scongiurano i miei di capire, e io gli rivolgo un lieve cenno. Faccio scivolare la mano nella sua e la stringo leggermente. «Alla fine ha cominciato a riprendersi nel periodo del diploma e durante l'estate era inarrestabile. Abbiamo pensato che l'avesse superata.»

Ora stringo più forte la sua mano e lui si protende verso di me. «Poi è partita per il college, e dopo qualche settimana ha smesso di rispondere alle nostre telefonate. Una notte i miei hanno ricevuto una telefonata dall'assistente sociale di un ospedale. L'avevano trovata alcuni studenti… si era tolta tutti i vestiti e si era messa a nuotare nuda nella piscina del campus. Era stata arrestata, ma i poliziotti l'hanno portata in ospedale perché era in stato confusionale.»

«È terribile, Gabe, cos'era successo?» Gli accarezzo il dorso della mano con il pollice.

«Le è stato diagnosticato un disordine bipolare ed è stata sottoposta a un rigido regime di psicofarmaci. Ha iniziato a tornare alla realtà e noi abbiamo ricominciato a rilassarci. Era un disturbo gestibile, ci hanno detto. Doveva solo prendere quelle benedette medicine.» Scuote leggermente la testa e si fa sfuggire una risata amara. «Il problema è che quando ti senti così su di giri, tutto il resto ti sembra fuori dalla norma. Il ciclo ha cominciato a procedere verso la depressione, il che non è insolito, mentre i medici cercano di regolare il dosaggio, e le è preso il panico.»

Si interrompe per un istante, perso nei proprio pensieri. Resto in silenzio, sperando che continui a confidarsi con me. «È stata dimessa, ma le cose non andavano bene. Ha avuto un'altra ricaduta e ha dovuto lasciare i corsi per tutto il semestre. È tornata a casa, ma se ne stava sempre in camera sua. Ho cercato di convincerla a uscire, ma lei rispondeva che non aveva l'energia necessaria. Una volta mi ha confidato che la depressione ti succhia via tutto. Non aveva nemmeno l'energia per essere triste.»

«È stato il momento più difficile di tutta la sua vita,

ma alla fine abbiamo tirato di nuovo tutti un sospiro di sollievo quando ha iniziato a mostrare segni di ripresa. Adesso so che è stato quel lieve miglioramento a farla sentire abbastanza forte da tentare il suicidio. I miei sono andati a lavorare e lei mi ha detto che andava a prepararsi per uscire a correre. Ho sorriso… lo ricordo chiaramente. Ho provato un senso di sollievo, come se l'avessimo sfangata un'altra volta. Quando non l'ho vista uscire dalla sua stanza prima di andare a scuola, sono andato a controllare. L'ho trovata sul letto in tenuta da corsa. Aveva ingerito le sue scorte di medicine… c'erano le boccette vuote vicino a lei. C'era una lettera per noi. Non aveva previsto che l'avrei trovata così presto.»

Non so bene cosa dire, ma so che ho bisogno di dire qualcosa. «Non posso nemmeno immaginare cos'avete passato. Dev'essere stato orribile. Adesso sta bene?»

Lui dà un'alzata di spalle. «Adesso è stabile, ma ho ancora paura per lei. Il mio terapista dice che è normale tra i pazienti bipolari interrompere i farmaci. Immagino credano di stare meglio e di non averne più bisogno, o forse gli manca quella sensazione di euforia maniacale. Sono terrorizzato.»

Ho una voglia matta di confortarlo, ma non sono sicura di cosa dovrei fare esattamente. Ha appena condiviso una cosa personalissima con me. Mi tolgo il cappuccio, non voglio che pensi che mi nascondo da lui. «Mi dispiace tantissimo. Voglio un bene dell'anima a mia sorella e mi annienterebbe anche solo pensare che potrebbe farsi del male. Grazie per avermelo raccontato. Non lo dirò a nessuno.» Seguo l'istinto e gli do un bacio sulla guancia, sperando che gli sia di conforto come lo sono state le sue braccia strette attorno a me quel giorno che sono scoppiata a piangere. Quando mi allontano riesco a percepire un cambiamento nel suo umore e vedo che parte dell'angoscia ha lasciato il suo viso.

Restiamo seduti in un gradevole silenzio, a osservare gli aerei che di tanto in tanto decollano in lontananza. Quando un piccolo velivolo passa proprio sopra di noi, mi domanda: «Sei mai stata su un aereo?»

«L'estate scorsa siamo andati alle Hawaii.» Sorrido al ricordo. «Eravamo solo noi quattro: io, i miei genitori e Rosie. Abbiamo affittato una villetta con piscina. Era fantastico passare tutta la giornata in spiaggia o a esplorare l'isola e poi andare a nuotare di sera. Capisco perché ami nuotare. Credo che i momenti più belli che ho vissuto durante la vacanza siano quelli in cui nuotavo con mia sorella nelle acque limpide dell'oceano.»

Gabe annuisce. «Anche se nuoto così spesso durante l'anno, adoro nuotare quando sono in vacanza. Ha un che di rilassante.»

«E tu? Sei mai stato su un aereo?»

«Un sacco di volte. I miei nonni vivono in altri stati.

Quando eravamo piccoli andavamo a trovarli più spesso, ma adesso che la mia famiglia è impegnatissima li vediamo una volta l'anno. A volte vorrei prendere un aereo solo per il gusto di partire. Sai, non solo perché devo farlo o perché devo andare a far visita a qualcuno. Mi piacerebbe poter scegliere la mia meta.»

«Se potessi salire su un aereo stasera, dove vorresti andare?» gli domando.

«Facile. Andrei su un'isola tropicale. Magari a Bora Bora.» Il suo volto si illumina e lui si volta a guardarmi. Il suo sorriso è contagioso. «Voglio stare in una capanna sul mare. Adoro ascoltare le onde, e ho visto un dépliant che mostrava un buco tagliato nel pavimento della capanna, così puoi pescare o guardare il mare sotto di te.»

«Credo di averla vista da qualche parte, quella foto.» Riesco a ricordare l'acqua di un azzurro cristallino. «Sembra un'idea fantastica.»

«Dovresti venire con me» dice con voce seria.

Rido sommessamente. «A Bora Bora?» Sembra talmente lontana e fuori portata per due adolescenti seduti nel cassone di un pickup.

«Ehi, non ridere» fa finta di arrabbiarsi «è la mia vacanza immaginaria. Posso invitare chi mi pare.»

«Allora ci vengo molto volentieri!»

15

Dopo una notte praticamente insonne, per poco non mi addormento alla prima ora. Mi sono rigirata nel letto per ore, provando una folle combinazione di felicità per la meravigliosa serata passata con Gabe e avvilimento perché non riesco a togliermi dalla testa Brady. Dovrà pur arrivare il giorno in cui non sarà più il mio ultimo pensiero prima di dormire. Poso la testa sul banco, per fortuna stiamo guardando un video invece di fare lezione. Forse riuscirò a schiacciare un pisolino in pausa pranzo, se Rosie non mi trova.

Suona la campanella e mi alzo a fatica dal banco, lo zaino sembra pesare una tonnellata. Intorno a me continuano a susseguirsi gli inviti al ballo, ma adesso che il peggio è passato riesco ad apprezzare alcune folli trovate ingegnose. Mi volto verso la fila degli armadietti e mi fermo di colpo quando vedo Gabe in attesa vicino al mio. Il suo sorriso è adorabile mentre abbassa il mento, forse per l'imbarazzo di avermi teso un agguato.

«Ma perché non ci incontriamo mai?» Si allontana dall'armadietto vicino al mio con una spallata e afferra le cinghie dello zaino.

Mi guardo attorno per vedere se c'è qualcuno abbastanza vicino da sentirci, ma non vedo volti familiari. «Forse perché adesso mi nascondo, e prima mi eclissavo sempre in un angolo della mensa con Brady» dico con una lieve risata, e inserisco la combinazione del lucchetto, poi do uno strattone alla maniglia finché non si apre con un cigolio. Metto via qualche libro, prendo il pranzo e poi richiudo la vecchia anta beige.

«Ti va un po' di compagnia oggi? Se preferisci stare per conto tuo, va bene lo stesso.» Sento lo stomaco contorcersi, ma non riesco a capire se sia eccitazione o ansia. Da quando è scoppiato lo scandalo di Elle e Brady, siamo stati tutti e tre al centro del gossip scolastico. Ho pregato tanto perché accadesse presto qualcosa di altrettanto succoso, così noi saremmo finiti nel dimenticatoio, ma non è ancora successo niente e sono stufa marcia di vedere tutti in attesa di nuovi sviluppi nella nostra vicenda. Odio pensare all'eventualità che il tempo che passo con Gabe possa alimentare i pettegolezzi.

Ma alla fine vince la curiosità di stare con qualcuno di diverso da mia sorella o da un buon libro. «No, mi farebbe molto piacere.» Adoro il sorriso che si diffonde sul suo volto.

Gabe si scansa perché io faccia strada e lo porto al mio solito posto, poso il pranzo sulla panchina e cerco di lasciargli spazio a sufficienza. Lui appoggia lo zaino, tira fuori un panino e lo addenta di gusto.

«Non ricordo di averti mai visto a pranzo, nemmeno quando non mi nascondevo. Dove mangi di solito?»

«Di solito a quest'ora mi alleno e poi faccio la pausa più tardi, durante la quinta ora. È la lezione di educazione fisica in aula e al coach non dà fastidio.» Infila la mano nello zaino e tira fuori una bibita energetica. Apro la mia bottiglietta d'acqua e osservo alcuni dei ragazzi più popolari del mio anno. Si zittiscono quando ci passano accanto, ma non mi staccano gli occhi di dosso. Spero non fraintendano la situazione. Posso solo immaginare la rapidità con cui si diffonderà questa storia quando lo sapranno le ragazze.

«Perché a tutti interessa tanto quello che faccio?» chiedo sottovoce quando i ragazzi finalmente spariscono.

«Dai, Everly. Sei una bella ragazza, e le belle ragazze non passano inosservate.» Mi fa l'occhiolino e io rido. «Troppo stucchevole?» chiede, scherzando.

«Forse un pochino.» Gli tiro addosso un cracker e lui lo prende al volo prima che cada a terra e se lo infila in bocca.

«Senti, mia sorella ha invitato alcuni amici sabato per

un piccolo barbecue» dice Gabe tra un boccone e l'altro. Mastica, deglutisce e si schiarisce la voce. «Se sei libera, potresti fare un salto.» Alzo la mano per schermarmi gli occhi dal sole e riuscire a vederlo bene in viso. Lui mi sorride timidamente.

«Non si arrabbierà se inviti gente che non conosce alla sua festa?»

«No, tra noi non funziona così. Abbiamo un sacco di amici in comune. Penso che le piaceresti.» Alle sue spalle, intravedo mia sorella che viene verso di noi. «E poi sarò io a badare alla griglia, quindi posso invitare chi mi pare e piace. Dai, vieni.»

Mi prendo un secondo per riflettere su cosa sto per accettare. La mia ansia si è dimostrata un tantino più gestibile negli ultimi giorni, ma il pensiero di conoscere gente nuova a una festa mi sembra un azzardo. E se mi venisse un attacco di panico davanti a tutti? Però Laura mi ha detto almeno di tentare, anche di fronte a ciò che mi provoca ansia, perché certe volte il mio cervello ha bisogno di verificare da sé che andrà tutto bene. È bello stare con Gabe, e mi entusiasma l'idea di conoscerlo meglio, così metto da parte l'ansia e spero che questa sia la decisione giusta.

«Verrò. Grazie.»

«Dove vai di bello?» Mia sorella è proprio davanti a noi, a oscurare il sole con il proprio corpo, quindi abbasso la mano. Mi lancia un'occhiata incuriosita. «Sono venuta a vedere se avevi bisogno di compagnia, ma vedo che hai già risolto.» Guarda Gabe e poi di nuovo me.

«Voi due potreste mettervi d'accordo e darvi il cambio.» Alzo gli occhi al cielo, esasperata, ma sotto sotto mi fa piacere che mi voglia tanto bene da cercare di trascinarmi in una qualche interazione sociale.

«Già, potremmo buttar giù un orario» scherza Gabe. Rosie non capisce, ma io trovo la battuta divertente. E lei mi guarda, sorpresa. Immagino che sia passato un bel po' di tempo dall'ultima volta che mi ha sentito ridere di gusto.

«Okay… comunque, io sono Rosie.» Lo guarda in ansiosa attesa.

«Gabe.»

«Lo so» replica lei. Deve cogliere la mia espressione sorpresa perché conclude con una certa agitazione: «Qualcuna delle altre cheerleader a volte parla di te».

«Grande, Rosie. Rendi pure tutto ancor più imbarazzante» dico, lanciandole un cracker. Non se lo aspetta, e le rimbalza sulla spalla per poi cadere a terra davanti a noi.

Gabe guarda Rosie. «Ti dispiace se oggi te la rubo? Ho bisogno del suo parere su un libro che sto leggendo per il corso di Inglese. Se per te va bene, Everly» dice, voltandosi verso di me. Annuisco e leggo il sollievo negli occhi di mia sorella mentre sposta il peso da un piede all'altro, guardandosi attorno in cerca di Dawn o qualche altra sua amica.

«Nessun problema. Sono contenta che riesca a fare buon uso della biblioteca che ha in testa. È stato un piacere conoscerti, Gabe. Ci vediamo più tardi, Everly.» Rosie si volta e va verso un gruppo di ragazze che conosce, ed è come se un peso lasciasse le mie spalle.

«Grazie» gli dico sottovoce. «Non sopporto che questa storia abbia influito così tanto sulla sua vita. Sono la sorella maggiore, dovrei essere io a prendermi cura di lei, non viceversa. Immagino che ai suoi occhi non sto gestendo la cosa nel modo giusto.»

«Mi piace stare con te» dice senza tanti giri di parole. «Per quanto riguarda quello che dovresti fare, non sono certo che ci sia un modo giusto per affrontare certe cose. Si può solo tentare di essere felici. Ho imparato che si dovrebbe fare il possibile per superare i *bassi*, in modo da potersi godere gli *alti*.» I suoi occhi lasciano i miei mentre prende la sua bibita. So che forse è stata l'esperienza di sua sorella a insegnargli tutto ciò, e questo rende le sue parole autorevoli e incisive. «E stare con te è decisamente un *alto* per me.»

Le sue parole fanno saltare un battito al mio cuore. «Cercare di essere felice, eh?» ripeto, ignorando la sua ultima frase mentre mi scanso e appoggio la schiena alla borsa. Il senso di stanchezza di poco prima mi assale di nuovo. Mi sfilo le Toms e infilo i piedi nudi sotto al sedere, cercando di non finirgli addosso sulla panchina.

16

Ho cominciato ad attendere con ansia la pausa pranzo, una cosa che non avrei mai ritenuto possibile qualche settimana fa. Ieri Gabe e io abbiamo ammazzato il tempo con un giochino sul suo telefono. Si tiene il telefono sulla fronte rivolti verso l'altra persona e lei deve darti degli indizi per aiutarti a indovinare la parola che compare sul display. Abbiamo riso come scemi per tutto il tempo, e quando abbiamo trovato la categoria *Film degli anni '80* non siamo più riusciti a giocare senza sbellicarci. Si è scoperto che i genitori di entrambi hanno una collezione considerevole di film di quel periodo in DVD, il che rendeva entrambi degli esperti in materia.

«A chi ha svaligiato il guardaroba Mr Vernon?» mi ha chiesto Gabe alla svelta. Mi fissava come se la risposta fosse facile. Ho fatto un respiro profondo e ho arricciato il viso, pensierosa. Gabe ha riso. «Dai! È una delle battute migliori del film. Come fai a non ricordartela?»

«Davvero? Sbrigati, dimmene un'altra!» Ci siamo dimenticati che gli altri ragazzi potevano sentirci, e le nostre voci si sono alzate per l'eccitazione del conto alla rovescia. Inoltre io e Gabe abbiamo un'altra cosa in comune: siamo estremamente competitivi.

Gabe ha accennato i primi versi di una famosa canzone di Barry Manilow e io ho capito subito la risposta, ma ho fatto finta di niente perché lui continuasse a cantare. Alla fine non sono riuscita a trattenere un sorriso e Gabe si è accorto di tutto. «Mi stai prendendo per il culo, vero?»

«Sì.»

«Te la farò pagare.» Ha afferrato il telefono e ha controllato i nostri punteggi. «Com'è possibile che i nostri genitori adorino i film di John Hughes?» Ha picchiettato sullo schermo un paio di volte e poi lo ha sollevato sopra la testa mentre sul display partiva il conto alla rovescia da tre.

«Sono bellissimi» ho risposto in fretta, guardandolo prima di leggere il titolo successivo. Ho spalancato gli occhi quando ho visto di cosa si trattava e ho cercato di pensare a un indizio che non mi mettesse a disagio. «Ehm, uno che vuole fare tanto sesso.»

Gabe ha esibito un sorrisone, e anche se non lo conosco così bene dalla sua espressione ho immaginato che sapesse già la risposta. «Un adolescente» ha detto con sicurezza.

«No, non in quel senso.» Lo schiaffeggio scherzosamente sul braccio. «Tanto sesso da essere troppo.» Ho guardato i secondi che passavano.

«Il sesso non è mai troppo. Sei una schiappa a questo gioco» ha detto con un tono molto serio. È stato allora che ho capito che mi stava prendendo in giro. Ho inclinato la testa e gli ho rivolto un'espressione corrucciata. Ha sorriso e ha pronunciato il titolo molto lentamente: «*Nymphomaniac*».

«Sei uno scemo, e il film è fantastico.»

«È stupendo» ha convenuto, restituendomi il telefono. Abbiamo giocato ancora qualche round e ha vinto lui, ma pazienza. Sarei disposta a perdere un milione di volte se questo significasse passare sempre la pausa pranzo con lui.

Non dovrei meravigliarmi che la nostra neonata amicizia sia diventata argomento gettonato di conversazione all'interno della scuola, ma mi ha colto alla sprovvista sentire per caso due ragazze che discutevano del fatto che io e Gabe abbiamo pranzato insieme due volte questa settimana. D'accordo, ho notato Gabe solo di recente, ma è chiaro che per le altre ragazze non è così. Ho sentito alcune delle storie che circolano, alcune sono vere e indulgenti; altre sono proprio crudeli e maligne.

Questa settimana gira voce che Elle abbia detto ad alcune cheerleader che probabilmente non ho mai amato Brady se sono già pronta a voltare pagina.

Venerdì, quando la incrocio prima di pranzo, Rosie si ferma a chiedermi: «Cosa c'è tra te e Gabe?» Io faccio spallucce. Non so darle una risposta. Lei mi sorride ed è evidente il sollievo che prova. «Sai come si dice» scherza. «Chiodo scaccia chiodo.» Mi fa l'occhiolino e poi aggiunge in fretta: «Non che lo abbia sperimentato sulla mia pelle, ma sono quasi un'esperta con tutto quello che sento agli allenamenti».

Alzo gli occhi al cielo. «Non c'è proprio via di scampo. Per tua informazione, oggi non mangio nemmeno con lui.»

«Sì, ma perché lui è in piscina adesso. E, se fossi in te, andrei ad assistere solo per il gusto di vederlo in costume.» E dopo un altro occhiolino esagerato e un cenno di saluto, Rosie va a raggiungere le sue amiche.

Anche se l'idea di vedere Gabe in costume è allettante, decido di raggiungere Angie e le altre ragazze del consiglio studentesco. Mi ha detto che avrebbero discusso dello scherzo dei diplomandi e che quindi dovevo raggiungerle. Le trovo sedute sul prato dove mangiano di solito. «Ciao, Angie.»

«Ciao, Everly» risponde lei, dando qualche colpetto sull'erba accanto a sé. «Sono contenta che tu abbia deciso di venire.» Lisa e Mandy mi rivolgono sorrisi calorosi. Ho l'impressione di essere subito benvenuta e accettata nel gruppo. Provo un briciolo di rimpianto per non essermi unita a loro molto prima.

«Grazie dell'invito.»

«Quando vuoi!» Apro il mio cestino del pranzo e tiro fuori un sandwich. Le ragazze erano nel bel mezzo di una conversazione, quindi riprendono a parlare. È bello sentire che succede in giro da un gruppo diverso di persone. Quando il flusso di studenti diretti alla mensa comincia a scemare e il nostro gruppo è fuori portata d'orecchio, Angie si protende in avanti e sussurra: «Facciamo il punto sullo scherzo».

Comincia Kathy. «Ieri sono andata a trovare mio padre a lavoro. Ha quattro pile enormi di sabbia che non usa da una vita. Non credo che se ne accorgerà se le portiamo via, dobbiamo farci aiutare da qualcuno che venga a prenderle in macchina al cantiere e le porti qui a scuola.» Kathy guarda a turno tutte le presenti. «La domenica non lavora, quindi sarebbe un ottimo momento per farlo. Potremmo avere tutto pronto per lunedì mattina prima che inizi la scuola.»

Sorridiamo tutte mentre il nostro piano prende forma. Riesco a immaginarmi benissimo il cortile ricoperto di sabbia. «Secondo me dovremmo vederci nel weekend per saccheggiare più mercatini possibili. Dovremmo riuscire a trovare sedie a sdraio e magari qualche tavola da surf» suggerisce Leticia.

«Andiamo con la mia macchina» propongo io. Le ragazze annuiscono e io do loro il mio numero. Decidiamo che passerò a prenderle tutte domenica mattina, berremo un bel caffè e poi gireremo tutti i mercatini che troveremo prima dell'ora di pranzo. «Forse ho anche trovato una soluzione per la palma. Ho sentito per caso Sheila Benson che parlava del club di recitazione e mi sono ricordata della produzione di *South Pacific* che hanno messo in scena quest'inverno.» Le ragazze si rianimano per l'entusiasmo. «Il magazzino è come uno scrigno del tesoro pieno di perle. C'è un'enorme palma e ne hanno pure qualcuna gonfiabile.»

«È perfetto!» dice Angie. «Posso parlarle alla prossima ora. Di lei possiamo fidarci. È anche la responsabile del teatro, così potremmo avere le chiavi e farci suggerire anche un mucchio di idee. Ora che ci penso, ho sentito dire che era anche la scenografa di quel musical. Forse le farebbe piacere darci una mano a organizzarci la sera in cui predisporremo tutto.»

Siamo tutte d'accordo e poi ci zittiamo quando altri studenti, finito il pranzo, riprendono a gironzolare nei paraggi. Non vogliamo rischiare che qualcuno senta la nostra conversazione. Finiamo per parlare del diploma e degli eventi che la maggior parte degli studenti attende con ansia. Sto cominciando a entrare nello spirito giusto, ma ci sono ancora momenti in cui mi sento sopraffatta all'idea di vedere Brady ed Elle insieme. Scaccio quel pensiero e riporto l'attenzione al gruppo.

«Tutti parlano della settimana dello spirito scolastico e delle partite dei diplomandi» dice Mandy. «Ho cercato di controllare cos'avevate organizzato per quest'anno, ma c'era una tale folla al momento delle iscrizioni che non sono nemmeno riuscita a vedere gli eventi. Di qualunque cosa si tratti, a quanto pare vogliono partecipare in parecchi.»

«Faremo qualche evento tradizionale visto che la gente non vede l'ora di partecipare. La partita di football femminile si terrà di venerdì, come sempre, e avremo una gara di decorazione dei cortili in cui ogni classe competerà contro le altre. Ma abbiamo anche una corsa in triciclo e una giornata in maschera in cui quelli dell'ultimo anno potranno travestirsi da anziani.» Parlare della settimana dello spirito scolastico e dei suoi eventi mi riempie di entusiasmo. Non vedo l'ora di prendervi parte, anche se non sarà come avevo previsto quando mi sono candidata per questo ruolo.

Il telefono di Angie squilla e lei ricorda a Lisa e Mandy che hanno una riunione per il giornale scolastico cui devono presenziare. Mi salutano entrambe con un abbraccio e si incamminano.

Raggiungo il mio armadietto per prendere un po' di cose che mi servono. So che Rosie scherzava quando lo ha suggerito, ma ho davvero voglia di vedere Gabe nuotare. Devo solo riuscire a superare Brady ed Elle, e poi sgusciare in piscina lontana dagli occhi indiscreti di quel gruppo. Concentro lo sguardo davanti a me, procedendo a un passo spedito che lasci intendere che vado di fretta. Con la coda dell'occhio, riesco a vedere Brady seduto su una delle vecchie panchine di legno. Una fitta di dolore mi colpisce al cuore quando Elle si siede accanto a lui e gli appoggia contro le sue gambe. Non mi fermo a riprendere fiato né mi volto per scappare nella direzione opposta. Decido di continuare semplicemente a mettere un piede davanti all'altro in modo che non mi impediscano di arrivare a destinazione.

Ci sono alcuni ragazzi seduti sulle gradinate, a mangiare, giocare a carte o mandare messaggini. Mi infilo in fondo e poso lo zaino ai miei piedi. Osservo Gabe che macina vasche, le bracciate regolari e decise. Raggiunge l'altra estremità della vasca e l'allenatore si china per dirgli qualcosa. Osservo le sue spalle ampie mentre è aggrappato al bordo, ad ascoltare concentrato le istruzioni. Annuisce e poi si immerge per ripartire.

Ammiro la sua dedizione per questo sport, il fatto che rinunci al pranzo per allenarsi. Un attimo prima che suoni il fischietto, i suoi occhi incontrano i miei come se avesse percepito la mia presenza e lo vedo sorridere leggermente. Il forte stridore del fischio lo riporta al presente e lui fende l'acqua come se fosse una goccia lui stesso. Lo osservo, incapace di distogliere lo sguardo mentre si spinge in avanti, concentrato e determinato, finché non riemerge per parlare di nuovo con il coach.

Mi appoggio allo schienale e lo guardo scomparire nello spogliatoio. Ho solo dieci minuti prima che cominci la prossima lezione, così decido di restare qui ed evitare di riattraversare il cortile. Tiro fuori il libro dallo zaino e trovo il segno. Sono persa nella lettura quando lo sento accanto a me. Mi viene più vicino e scherzando mi colpisce con una lieve spallata. «Verrai domani, vero?» mi domanda.

«Sì. Devo portare qualcosa?» Chiudo il libro e volto la testa verso di lui. È incredibile, ma ogni volta che lo guardo resto colpita da quanto siano particolari i suoi occhi.

Sposta il piede un po' più vicino al mio, facendo aderire la coscia muscolosa alla mia gamba. Con un gesto apparentemente innocente allunga un braccio sullo schienale dietro di noi e si appoggia, e praticamente mi cinge le spalle. «Niente. Siamo a posto.»

Suona la campanella e i pochi ragazzi che stavano guardando l'allenamento cominciano a scendere dalle gradinate. Mi tende la mano e si offre di aiutarmi ad alzarmi.

Forse è perché siamo in ritardo e i corridoi sono deserti mentre andiamo a lezione, ma non mi preoccupo di imbattermi in Elle e Brady… o forse è perché quando sono con Gabe nient'altro sembra importante. Voglio passare più tempo con lui. «Cosa fai dopo?» gli chiedo quando ci fermiamo fuori da un'aula vuota.

Lui sorride. «Non ho ancora fatto programmi.»

«Tutta questa smania per il ballo mi ha fatto venire voglia di guardare *Bella in rosa*. Mi chiedevo se ti andasse di venire a guardarlo a casa mia.» Spero che non capisca quanta ansia mi provochi l'idea di invitarlo. È che non posso sopportare il pensiero di non vederlo più prima del barbecue.

«Lo sai che non mi lascerei mai sfuggire un invito del genere. A che ora devo venire?»

«Che dici, alle sette?»

«Mandami un SMS con l'indirizzo e ci vediamo per quell'ora.» Restiamo lì per un secondo nel corridoio mentre i ragazzi ci superano a spintoni. È come se qualcosa stesse cambiando tra noi, e non sono sicura di cosa provare. Alla fine, quando suona l'ultima campanella, si allontana di un passo. Con un enorme sorriso dice: «La prossima volta possiamo guardare *Non per soldi… ma per amore*, tanto per vedere come si fa a dichiararsi davvero con uno stereo sollevato sopra la testa». Quando mi vede sorridere inarca le sopracciglia, poi si volta e torna in classe.

Gabe si ferma davanti a casa mia un po' prima delle sette.

I miei sono fuori per una raccolta fondi a favore dell'ospedale locale, e a Rosie non ho detto nulla di proposito perché voglio che si attenga al suo programma di uscire con Dawn. Così ho un po' di tempo per conoscere meglio Gabe. La mamma mi ha retto il gioco, ma mi ha fatto notare che potrebbero rientrare in qualunque momento. Ho riso e le ho detto che non c'era niente del genere tra me e lui, ma dalla sua espressione ho capito che non mi ha creduta del tutto.

D'un tratto mi sento nervosa, una sensazione completamente diversa da ciò che ho provato con lui finora. Non è l'agitazione tipica di quando conosco una persona nuova. È più ansia da aspettativa. Non capisco del tutto questa emozione... non è quello che provavo con Brady, ma se devo essere sincera non è nemmeno ciò che provo con persone di cui sono solo amica. Il consiglio di Rosie del chiodo scaccia chiodo continua a ronzarmi in testa, ma allontano in fretta il pensiero. Gabe è solo un amico e sono piuttosto sicura che lui mi consideri allo stesso modo. Sento un colpo alla porta e praticamente sussulto, anche se me lo aspettavo. Faccio un respiro profondo e spero che non si accorga di quanto sono agitata.

«Ciao» dico, e mi faccio da parte per farlo entrare.

«Ciao.» Si passa una mano sulla testa e quel gesto mi fa capire che è un po' nervoso anche lui.

«Ti piacciono i popcorn?» Chiudo la porta e gli faccio cenno di seguirmi in salotto.

«Sì.» Sta guardando tutte le foto che la mamma tiene appese alle pareti. Lo lascio accanto al divano per andare a prendere i popcorn e due bottiglie d'acqua. Quando torno, è seduto in fondo al divano. Poso tutto sul tavolino e prendo il telecomando. Mi siedo dal lato opposto e faccio partire il DVD. Mi sento il suo sguardo addosso mentre premo i pulsanti e cerco di costringere il vecchio lettore a collaborare.

Dopo qualche minuto di insuccessi, lui ride e mi viene più vicino. «Vuoi che provi io?» mi chiede, tendendo la mano per avere il telecomando. Glielo porgo senza fare storie.

«Di solito se ne occupa mio padre» gli spiego. Lui guarda il telecomando e poi preme qualche pulsante. E come per magia iniziano le anteprime. Adesso siamo più vicini di prima e riesco a sentire la sua gamba premuta contro la mia. Mi chiedo se si sposterà, ma non lo fa. Si appoggia allo schienale e si mette comodo. Faccio lo stesso.

Dovrei guardare il film, ma la mia mente viaggia a un milione di chilometri all'ora. Mi *piace*. Sapevo che era attraente, ma negli ultimi giorni il mio interesse per lui è cambiato. Non l'ho capito prima di stasera, ma in questo momento mi sembra più che ovvio. Solo che adesso non so cosa fare. Non so se per lui è lo stesso, e anche se fosse, voglio davvero cominciare una storia mentre mi sto ancora riprendendo dall'ultimo errore che ho commesso?

Si volta, e noto che è sorpreso di avermi beccata a osservarlo. Mi giro in fretta verso il televisore, sperando che pensi che lo abbia fatto solo per un secondo. Il suo braccio si allunga sullo schienale del divano e io posso solo cercare di rilassarmi mentre vengo circondata dal suo calore e dal suo profumo. Non so nemmeno cosa stia succedendo sullo schermo perché non riesco a placare i miei pensieri. Fisso dritto davanti a me, fingendo di guardare il film.

Gabe allunga una mano per prendere del popcorn e ne sento un pezzo che mi colpisce sulla guancia. «Dove sei? Perché l'ho capito che non stai guardando il film. Sembri lontana un milione di chilometri lì dentro.» Mi picchietta una tempia e si infila un pezzo di popcorn in bocca.

«Lo sto guardando» protesto debolmente, e lui mi rivolge un sorriso d'intesa. Riporta lo sguardo sul televisore e io tento di nuovo di rilassarmi. Dopo qualche minuto finalmente mi lascio prendere dalla storia. «Hai freddo?» gli domando quando la temperatura del mio corpo si abbassa. Lui scuote la testa mentre mi guarda.

«No. Tieni.» Si protende in avanti e si sfila la felpa. Poi la allarga di modo che io vi faccia passare la testa.

Ogni grammo di calma che ero riuscita a radunare finisce al vento quando vengo circondata dal suo calore. Dio, adoro questa felpa. Quando spunto da sotto il cappuccio, i nostri sguardi si incontrano. Con le dita tira un pochino il laccio attirandomi con decisione verso di sé. Poso la mano sulla sua mentre lui stringe i cordini un po' di più e io gli sono ancora più vicina. I suoi occhi sono fissi nei miei. Riduce la distanza tra le nostre labbra e io chiudo gli occhi quando la sua bocca incontra la mia. Il calore provocato dal nostro contatto si sprigiona in me come un incendio, che mi arde il cuore e sento un volo di farfalle nel petto.

La sua mano lascia andare i cordini e mi si posa sulla guancia. Le sue dita si insinuano tra i miei capelli per tenermi ferma. È una cosa meravigliosa e sexy, eccitante e spaventosa allo stesso tempo. La mia mente si fa nebulosa e la pelle avvampa, il mio respiro entra ed esce concitato e si mescola al suo. Mi guida fino a farmi sdraiare e si sistema sopra di me reggendosi su un fianco.

Mi accarezza la guancia con il pollice, attizzando minuscole fiamme lungo le mie terminazioni nervose, destando ogni parte del mio corpo. Alla fine cedo alla tentazione e lascio che il mio palmo gli sfiori lievemente il viso. Accarezzare la sua pelle è meglio di quanto avrei potuto immaginare: liscia ma anche ispida, tesa eppure malleabile a contatto con la mia. Schiudo le labbra, un invito per la sua lingua… e mentre scivola leggera sulla mia, sento il desiderio per lui crescere alla bocca dello stomaco e giù nel basso ventre.

Mi sembra di essere sul punto di svenire. Il cuore mi batte forte e il respiro è rapido, ma ignoro le mie inquietudini e lascio che le mie dita gli sfiorino i capelli. Che meraviglia, sembrano soffici se accarezzati in un senso e ispidi nell'altro. Si ritrae per un istante per guardare il mio viso, e io lo imploro in silenzio di continuare a baciarmi. Riesco già a sentire un lieve pizzicore sulla pelle nel punto in cui mi ha graffiato il mento con la barba. Fa scorrere delicatamente il pollice sul mio labbro inferiore, il petto ansante, e io sento il calore che sprigiona dalla mia pelle. Ho sempre pensato che fosse bello, ma adesso vorrei poter penetrare sotto la sua pelle o, almeno, baciargli ogni centimetro del viso e del collo.

«Everly» dice con un filo di voce, e io mi innamoro all'istante del suono del mio nome sulle sue labbra. «Sei sempre bellissima, ma dovresti proprio vederti adesso. Mi chiedevo come sarebbe stato baciarti, ed è molto meglio di quanto potessi immaginare.»

«Allora perché ti sei fermato?» Sollevo un pochino il mento, avvicinando le labbra alle sue. I suoi occhi ardono di passione, e io mi passo la lingua sulle labbra, per inumidirle prima di mordicchiarmi il labbro inferiore.

«Adesso che ne ho l'occasione, mi risulta difficile toglierti gli occhi di dosso abbastanza a lungo per farlo.» Mi muovo per far sì che il mio naso quasi sfiori il suo mentre respiriamo all'unisono. I suoi occhi si chiudono un secondo prima dei miei, e quando le nostre labbra si toccano di nuovo penso che sia questa sensazione che si prova quando ci si sballa.

La sua mano mi scivola lungo il fianco e la sua gamba si sposta lentamente sopra la mia finché non sono intrecciate sul divano. In lontananza sento proseguire il film, ma tutto svanisce sullo sfondo mentre sono tra le sue braccia. Non so quando l'intensità della nostra amicizia sia diventata qualcosa di più, ma so che è giusto così, anche se la mia esperienza in questa zona grigia è molto limitata.

Non sono sicura di cosa significhi questo per noi, sempre che significhi qualcosa. So solo che è ciò di cui avevo bisogno.

17

Dovevo far passare qualche ora prima del barbecue di Gabe, così ho deciso di andare alla casa di riposo. Dopo un'ora passata a leggere per alcune signore e a guardare puntate di quiz registrate con i signori, mi sento di nuovo la vecchia me. Seduta in macchina nella via dove abita Gabe, controllo il telefono per la decima volta per assicurarmi che l'indirizzo sia giusto. Alla fine mi decido a scendere e seguo alcune ragazze sino alla porta d'ingresso. Bussano e viene ad aprire Gabe, che le fa entrare dopo aver abbracciato entrambe. Quando si volta e mi vede, il cuore mi sobbalza nel petto mentre un sorriso gli illumina il volto. Mi stringe tra le braccia per un attimo e poi mi invita a entrare.

«Vieni» dice da sopra la spalla mentre attraversa il salotto diretto sul retro della casa. «Voglio farti conoscere Maggie.» Usciamo in giardino e la musica risuona nella fresca aria serale. Ci sono almeno dieci ragazze sotto il portico, che ridono e sgranocchiano patatine e crudités. I loro occhi ci seguono mentre Gabe mi posa la mano in fondo alla schiena e mi guida verso una splendida rossa accoccolata su una sedia a sdraio in legno.

Noto subito che hanno gli stessi occhi. Lei si alza e fa un passo verso di me. «Tu devi essere Everly.» Mi abbraccia. «Io sono Maggie.»

«Piacere» rispondo, e lo è davvero. È talmente espansiva che mi mette a mio agio. «Grazie dell'invito.» I suoi occhi lasciano in fretta i miei per incontrare quelli del fratello.

«Avevo bisogno di collegare un volto al nome.» Mi elettrizza sapere che lui ha parlato di me alla sua famiglia. «Serviti pure da bere e poi spedisci mio fratello al barbecue. Stiamo morendo di fame.»

Gabe ride dietro di me e quando mi volto lo vedo con le mani alzate in segno di resa. «Vado subito» dice. Prendo una bibita dal secchio del ghiaccio e poi mi siedo su una sedia libera, assicurandomi di avere una buona visuale di lui che mette la carne sulla griglia. Maggie è lì accanto, ride per qualcosa che Gabe le ha detto e poi lo pungola su un fianco mentre cerca di girare un hamburger. È evidente quanto sono affiatati.

Il giardino è enorme, splendidamente impreziosito da pavimento lastricato ed erba verde. C'è un tavolino con due sedie in un angolo e un focolare da esterno circondato da sedie Adirondack proprio fuori dalle porte scorrevoli. Mi sfilo le infradito e infilo i piedi sotto di me.

«L'ultima volta muggivano ancora» mi grida Maggie con un cipiglio scherzoso. Gabe alza gli occhi al cielo e chiude il coperchio del grill.

«Be', magari mi piacciono gli hamburger al sangue con insalata di patate poco cotte.» Le mette un braccio attorno al collo e la attira a sé per arruffarle i capelli. Lei strilla e cerca di divincolarsi, ma lui sta ridendo, e quando la lascia andare Maggie è quasi senza fiato dalle risate.

«Sei cattivo» lo rimprovera, ma il suo sorriso dimostra che non le dà fastidio che la prenda in giro. Dopo avergli dato una stilettata tra le costole con le dita, attraversa il prato per venirmi vicino. Il posto accanto a me è vuoto, così si siede e si stringe il golfino addosso quando ci raggiunge una brezza pungente. «Sai che parla un sacco di te?» dice, continuando a guardarlo armeggiare sulla griglia.

«Tutte cose positive, spero.»

Maggie annuisce e Gabe ci guarda, puntandosi due dita negli occhi e poi verso di noi, come a dire che ci tiene sotto controllo. Io e Maggie gli facciamo la lingua e poi ridiamo quando ci rendiamo conto di aver fatto la stessa cosa.

«Mi ha detto che corri» aggiunge, appoggiando la testa allo schienale della sedia.

«Non seriamente come te. Una borsa di studio a Berkeley non è da tutti. Io non credo di poterlo fare a livello agonistico.»

«Grazie. Nemmeno io pensavo di riuscirci, e potresti sorprenderti. Magari potremmo andare a correre insieme qualche volta. Ho una fantastica playlist che aiuta parecchio. È un mix di generi diversi. Un'amica che studia musica mi ha detto che ascoltare canzoni con un certo numero di battiti al minuto mi avrebbe aiutato a regolare la mia andatura.» Si volta verso di me e continua: «Potrei mandartela, se ti interessa».

«Mi farebbe molto piacere! Stavo proprio cercando delle canzoni nuove.» Bevo un sorso della mia bibita. «Che cosa studi a Berkeley?»

«Avevo deciso di specializzarmi in Storia, ma credo che al rientro cambierò con Psicologia. E tu? Hai già deciso cosa fare dopo il diploma?»

«Resto qui. Sono stata ammessa alla UCLA per studiare Scienze umanistiche.»

«Be', ma è perfetto!» Si tira su e si protende sul bordo della sedia. «Anche Gabe andrà alla UCLA. Lo vogliono nella squadra di nuoto in autunno.» Dà un'alzata di spalle e mi scocca uno splendido sorriso. Un'amica la chiama dall'altra parte del focolare. «Non sparire, okay?»

Annuisco e la osservo andare ad abbracciare una nuova arrivata. Mi volto a guardare Gabe. Mi fa dei cenni per sapere se è tutto okay. Sorrido e gli mostro i pollici alzati. Il cuore mi batte all'impazzata per la notizia che mi ha appena dato sua sorella. Nelle ultime settimane ho vissuto nel terrore al pensiero di aver accettato di seguire Brady al college. Adesso almeno so che avrò accanto un amico... o qualunque cosa sia diventato Gabe per me.

Mi aspetto di vedere i suoi genitori, ma cogliendo qualche brano di conversazione qua e là scopro che resteranno fuori città sino a domattina. Quando gli hamburger sono cotti, Maggie recupera un vassoio di panini e un cesto pieno di condimenti dalla cucina. Le sue amiche balzano tutte in piedi per riempirsi il piatto, poi tornano a sedersi e a fare conversazione. È chiaro che dev'essere già successo diverse volte in passato. Le ragazze sono tutte a loro agio qui, mentre si sistemano e parlano del più e del meno riempiendosi i piatti. Provo un po' d'invidia per queste ragazze che restano in contatto e si sforzano di ritrovarsi per Maggie, nonostante gli impegni di lavoro o i corsi che frequentano in uno dei molti college della zona.

Mi servo anche io e aspetto che Gabe faccia lo stesso. Ci sediamo con gli altri e partecipiamo alla conversazione. Tutte parlano svelte e nessun argomento sembra tabù. Sento ogni dettaglio delle loro avventure al college, dei nuovi fidanzati e degli appuntamenti andati male. Maggie ci racconta del peggior appuntamento della sua vita e fa ridere tutti quanti. «Non credevo che potesse andare peggio, ma poi Gabe mi ha beccato a rientrare dopo il coprifuoco e si è comportato da stronzo» dice Maggie con un sospiro.

«Non avrai mica creduto che te la facessi passare liscia, eh? Sai bene che avresti fatto lo stesso al posto mio.» Gabe la guarda con un sopracciglio sollevato.

«Mi hai costretto a fare il bucato per un mese, Gabe. È pura crudeltà.» Il suo piagnucolio si trasforma in un enorme sorriso quando lui fa spallucce.

«Mi hai costretto anche a lavare la tua macchina dopo quel viaggio nel deserto, sennò avresti raccontato alla mamma che mi avevi beccato a fumare con nostro cugino Joe. Hai una minima idea di quanti insetti ho dovuto tirar via dal parabrezza?»

«Joe ha sempre combinato casini» dice lei «e quello era completamente diverso.» Osserviamo tutti Gabe e Maggie che battibeccano scherzosamente, punzecchiandosi su aneddoti del loro passato. Quello che scopro dallo scambio è che nessuno dei due ha mai fatto la spia, qualunque guaio avesse combinato l'altro. Scopro inoltre che sono finiti spesso nei pasticci insieme.

Quando la cena è finita, Maggie si alza per andare a prendere il dessert. Gabe la segue in cucina per darle una mano. Sto parlando con una loro amica di un insegnante di Inglese in comune, così resto dove sono e aspetto che tornino. Dopo un po' incomincio a chiedermi perché ci mettano tanto. La conversazione sull'insegnante è finita da un pezzo e qualche ragazza ha iniziato ad allungare il collo per vedere dove sono finiti.

Finalmente Gabe emerge con un vassoio pieno di biscotti, li posa e poi si riempie un piatto. Anche Maggie posa il suo vassoio e va a sedersi con un'amica vicino alla porta sul retro. Mi alzo e vado verso i biscotti, ma Gabe mi prende per un gomito e mi costringe a seguirlo verso i posti isolati nell'angolo. Le ragazze non ci prestano attenzione, e noi guardiamo il falò da una certa distanza mentre mangiamo. Sorrido morsicando un biscotto tiepido e appiccicoso e d'un tratto lui si mette a parlare a bassa voce in modo che possa sentirlo solo io. «È arrabbiata con me.»

Mi volto verso di lui e mi pulisco la bocca che sento sporca di cioccolato. «Non mi sembra arrabbiata con te.»

«Non vorrebbe mai che le sue amiche se ne accorgessero.» Posa il suo biscotto e allontana il piatto come se avesse perso l'appetito. Si protende in avanti e si massaggia la nuca, cercando di raccogliere le idee prima di continuare. «L'ho costretta a prendere le medicine davanti a me. Mamma e papà mi hanno affidato ogni responsabilità e mi è preso il panico.» Cerca con lo sguardo la sorella e lei se ne accorge. Vedo il suo sorriso svanire per un istante e immagino quanto questo possa spezzargli il cuore. Uno sbuffo d'aria gli esce dalla bocca e i suoi occhi incontrano di nuovo i miei.

«Cos'è successo?» sussurro.

«Mi sembrava troppo su di giri. Ho pensato che non le avesse prese. È una paura costante.» Si massaggia il petto e si appoggia alla sedia, guardando il cielo. «Quelle pillole per lei fanno la differenza tra la vita e la morte, e i miei genitori mi hanno detto di controllare che le prendesse. L'ho implorata di farmi vedere la boccetta.» Chiude gli occhi. «Mi ha detto che era la *sua* vita. Non riesco a capire come la facciano sentire i farmaci. Li detesta. Continuavo a dirle "ti prego".» Poso la mano sulla sua, che tiene ancora sul petto, e ne accarezzo il dorso con un dito.

«Hai fatto soltanto quello che ritenevi giusto.» Gli stringo la mano. So che dev'essere difficile condividere questo con me. Sembra fortissimo quando aiuta me, ma in questo momento posso vedere le crepe nella sua maschera. Sta soffrendo e io voglio solo essere presente per lui.

«Ha pianto. L'ha messa sulla lingua e ha pianto, Everly. L'ha mandata giù senz'acqua e poi ha spalancato la bocca come le facevano fare in ospedale, per dimostrarmi che non la stava nascondendo.» Mi prende la mano. «Ci sono rimasto male. Devo assumere così tanti ruoli con lei. A volte, come in questo momento, sono suo fratello. Saluto le sue amiche e accendo il barbecue e possiamo tutti ridere e parlare. Poi altre volte devo prendere le parti dei miei contro di lei. Devo dirle cosa può fare e cosa non può fare, come se fosse una bambina piccola.»

Spingo via il mio piatto e avvicino la sedia alla sua. Mi serve tutta la mia forza di volontà per non stringerlo tra le braccia e consolarlo. «Se ti vuole bene anche solo la metà di quello che tu ne vuoi a lei, lo capirà. A volte fare la cosa giusta sembra sbagliato. Che scelta hai? Hai agito per il suo bene. Dopo cos'è successo?»

«Ha preso la boccetta e l'ha scagliata contro il muro.»

«Ha preso le medicine. È questo che conta.» Osservo il suo viso contratto per l'angoscia. «Magari per un po' sembrerà una battaglia ardua, ma questo non significa che tu stia agendo male.»

«Non è giusto. Dovrei essere suo fratello, non il suo secondino. La costringo a prendere le pillole che la fanno sentire uno schifo, così non ci lascerà. È un tale casino.» Restiamo lì seduti a guardare le ragazze che ridono e poi si alzano e radunano i loro piatti. Maggie viene verso di noi mentre le sue amiche entrano in casa.

«Andiamo al cinema. Volete venire con noi?» Gabe mi guarda e io faccio spallucce.

«Grazie, Maggie. Credo che resteremo qui.» Tiene gli occhi su di lei finché lei non fa un cenno d'assenso. Tantissime parole non dette intercorrono tra loro.

«In caso tu vada via prima del mio ritorno» mi abbraccia di nuovo, questa volta tenendomi stretta e a lungo «è stato bello conoscerti.»

«Anche per me.» Il suo abbraccio è diverso da prima, sembra quasi sconfitta. Avrà capito di cosa stavamo parlando? È a disagio perché sono stata messa a parte del segreto di famiglia... del suo segreto?

Quando si volta per rientrare in casa, Gabe tira fuori dalla tasca il telefono e digita in fretta un messaggio. Guarda il gruppo di ragazze all'interno come se fosse in cerca di un qualche segno. Alla fine il suo telefono suona e lui tira un sospiro di sollievo. «Ha delle amiche fantastiche che le sono rimaste accanto nei momenti più difficili. La bionda laggiù...» indica con un cenno del mento in direzione della casa e vedo una biondina che si sistema la borsa in spalla «mi ha detto che baderà a lei. Le ho chiesto di mandarmi un messaggio se dovesse succedere qualcosa.»

Quando alla fine la biondina lascia il salotto, gli occhi di Gabe incontrano i miei. È chiaro che si sente alleggerito da un certo peso. Il suo volto è più disteso e riesco a vedere l'accenno di un sorriso allegro. «Averti qui mi ha reso le cose un po' più facili. Com'è andato il resto della tua giornata?»

«Sono tornata alla casa di riposo oggi. Mi ha fatto sentire bene.» Gli stringo la mano.

«Non ti stanchi mai di fare sempre la cosa giusta?» Sorride quando lo dice, ma si capisce che è serio.

«Non fino a poco tempo fa. Una volta vivevo per essere perfetta per tutti. Mi sono sorpresa ultimamente di quanto il mio stato d'animo mi abbia impedito di seguire le regole. Quest'anno per la prima volta ho saltato la scuola e senza pensarci due volte non mi sono presentata ad alcuni dei miei impegni regolari. E tu? Che lato oscuro nascondi?»

«Ti farei arrossire se te lo dicessi.» I suoi occhi fissano i miei e sento un calore salirmi lungo il collo fino alle guance. Ieri sera mi ha baciato finché non ho sentito i miei che parcheggiavano nel vialetto. Siamo schizzati ai due lati opposti del divano e abbiamo cercato di non ridere mentre aspettavamo che aprissero la porta. Non abbiamo avuto tempo di parlare di quello che è successo, ma ci ho pensato parecchio dopo che lui se n'è andato. Mi ha fatto piacere che il bacio e l'eccitazione di stare con lui mi abbiano permesso di dimenticare per un po' il mio cuore spezzato. Non sono pronta per tuffarmi in qualcosa di serio, ma forse Dawn e Rosie hanno avuto l'idea giusta.

Inclino la testa di lato e dico: «Mettimi alla prova».

«Non diresti così se potessi vedere a cosa stavo pensando.» Il suo sorriso sghembo mi spinge al limite e mi fa sentire ubriaca di desiderio. Noto che il mio respiro cambia. La sua mano libera si sposta delicatamente sul mio collo, il pollice che mi sfiora lentamente la pulsazione lì sotto.

«Fammi vedere, allora.» Non so nemmeno più chi sono. Non sono mai stata così audace, ma non ho nemmeno mai desiderato qualcuno a questi livelli. Questa volta è il suo respiro che accelera e la sua bocca è sulla mia, calda e bramosa. Mi bacia con avidità e lo adoro. Mi sento desiderata, un dono speciale cui non riesce a star lontano.

Si ritrae dopo qualche minuto; i nostri petti ansimano e i nostri cuori battono all'impazzata. Ho il viso arrossato e le labbra gonfie per i suoi baci. Lui si alza e mi offre la mano. Sono nervosa, non so cosa succederà, ma gli tendo la mia e lascio che mi aiuti ad alzarmi. Le sue braccia mi stringono attorno alla vita e io gli metto le mie attorno al collo. Finora è sempre stato lui a sostenermi. Stavolta sono io che lo stringo, lo attiro a me e resto salda. La notte è scura intorno a noi, le fiamme del falò si sono spente e solo una lieve luce rossa brilla tra i tizzoni rimasti.

Le sue labbra si posano come una piuma sulla pelle sensibile sotto il mio orecchio e lungo il collo. Chiudo gli occhi e mi riempio i polmoni del suo profumo mentre lo tengo stretto. «Vieni dentro con me.»

«Sì» dico e mi ritraggo, tenendo il suo viso tra le mani. Questa volta mi muovo per prima, premendo le labbra sulle sue. Mi succhia leggermente il labbro inferiore prima di fare un passo indietro, afferrandomi le mani e portandomi in casa. Non riesco a credere che sto per seguire il folle consiglio di mia sorella e delle sue compagne. Amico, fidanzato o a metà strada tra le due cose... in questo momento non importa. Voglio soltanto stare bene e so che possiamo aiutarci l'un l'altro.

Mentre entro in camera di Gabe la mia sicurezza comincia a vacillare un pochino. Pare che io non riesca a quietare la voce preoccupata nella mia testa, e un'ondata di terrore mi attraversa mentre mi chiedo quanto sono all'altezza di ciò che ha immaginato per tutto questo tempo. Il cuore mi palpita nel petto e cerco di calmare il respiro, concentrandomi su quattro secondi di inspirazione e quattro di espirazione.

Ho la sensazione che Gabe abbia notato la mia ansia crescente mentre si muove senza fretta verso di me, prendendomi per la vita. Guardo la sua mano avvicinarsi e con una rapida occhiata riesco a vedere che i suoi occhi vogliono assicurarsi che questo sia ciò che voglio. E nel profondo so che è così. Voglio sentirmi di nuovo bene, anche se non durerà per sempre. Il mio fianco sembra muoversi di propria volontà, ruotando per incontrare il suo palmo.

Lo sento nel momento in cui mi tocca, il pizzicore che comincia dove si posa la sua mano calda, proprio sopra l'anca, poi gradatamente sale su per tutto il corpo.

Il suo sguardo incontra il mio mentre mi attira a sé e i suoi muscoli si flettono quando si preme contro di me. La sua mano libera mi sfiora il collo e le sue dita si insinuano tra i miei capelli, sollevandomi il viso verso il suo. Respiro il suo odore e riesco a pensare soltanto alle sue labbra che si poseranno sulle mie.

Il mio corpo si accende con un ronzio costante di calore e pulsa quando il suo pollice scorre sotto l'orlo della mia maglietta e accarezza la pelle. Chiudo gli occhi mentre un'intensa emozione comincia a crescere dentro di me, una fitta insistente che vuole trovare sfogo. Come fosse perfettamente in sincrono con i movimenti interni del mio corpo, Gabe fa scivolare la mano un po' più in basso sul mio fianco, la distende, e poi mi attira a sé, premendo forte il suo corpo contro di me.

Il suo viso è talmente vicino, il naso che mi sfiora la guancia mentre lui colma la distanza rimasta tra le nostre labbra. Le sue dita tra i miei capelli si fanno più pressanti, stringono la presa e mi attirano così vicina che sembriamo fonderci insieme. Le nostre lingue scivolano l'una sull'altra, ritraendosi solo per andare più a fondo. Infilo le mani sotto la sua maglietta, ho bisogno di sentire la sua pelle. Lascio che i palmi vaghino sulla sua schiena tesa, adorando la sensazione dei suoi muscoli contratti. Tira via le mani per afferrare l'orlo della maglietta e sfilarsela. I miei denti affondano nel labbro inferiore mentre contemplo il torace ampio, abbronzato davanti a me.

Dopo avermi dato un momento per esplorare il suo petto con lo sguardo, afferra l'orlo della mia maglia e cerca con lo sguardo la mia approvazione. Annuisco e alzo le braccia, sentendo un'altra ondata di eccitazione mentre mi spoglia. Resto davanti a lui col reggiseno rosa, il fiocchettino di satin seppellito tra i seni.

«Sei ancora più bella di quel che immaginavo.» La sua voce è ruvida e profonda, mi si insinua dentro e mi ubriaca di eccitazione. Muove le mani sui miei fianchi e si preme di nuovo contro di me, affondando il viso nella curva del mio collo. Adoro il leggero graffio della sua guancia ruvida mentre fa scorrere il viso fino al mio orecchio, succhiando piano il lobo. Le mie ginocchia cominciano a vacillare, ma lui mi tiene saldamente, continuando la sua deliziosa tortura – lingua e denti, liscio e ruvido – lungo il mio collo.

Le mie braccia si posano sulle sue spalle e piego la testa indietro, invitandolo a baciarmi anche l'altro lato del collo. La sua lingua mi lecca delicatamente sulla clavicola prima di scivolare più in basso. Mai nella vita mi sono sentita bruciare da un desiderio tanto primitivo.

Ecco, questo è il momento esatto in cui il suo telefono comincia a squillare. Ci serve un minuto per scuoterci dalla nebbia delle nostre teste e separarci, così può rispondere. Mi sembra di fluttuare, ogni terminazione nervosa del mio corpo pulsa ed è in fiamme. Chiudo gli occhi, sventolandomi il viso per alleviare il rossore alle guance. Afferro la maglietta, d'un tratto preoccupata che stiamo andando troppo in fretta. Una volta infilata, mi volto e lo guardo. Mi dà le spalle e tiene il telefono all'orecchio, con la mano libera si massaggia preoccupato la nuca.

«È uscita con le sue amiche.» Sento solo la sua parte di conversazione. «Sì, ha preso le medicine… okay, ci vediamo presto.» Le sue spalle si accasciano mentre chiude la telefonata. Si volta verso di me e getta il telefono sul letto. «I miei genitori stanno rientrando. Sono preoccupati per noi. Maggie li ha chiamati e gli ha raccontato che abbiamo litigato.» Guarda il pavimento.

«Sarà meglio che vada. Non mi hanno mai vista e non credo sia un bene se ci trovano qui da soli.» Gli sorrido in modo rassicurante quando lui mi guarda e annuisce, d'accordo con me.

Recupera la maglietta da terra e la infila, coprendosi il petto. «Non voglio che tu te ne vada, ma forse hai ragione.» Viene di fronte a me, baciandomi castamente sulle labbra mentre intreccia le dita alle mie. «Sono contento che tu sia venuta qui stasera, Everly.»

Mi alzo sulle punte dei piedi e gli do un altro bacio. «Grazie per l'invito. Mi sono divertita molto.» Sento le guance avvampare di nuovo e sorrido, stringendogli la mano. Mi scorta lungo il corridoio e sino alla porta d'ingresso. Prima di aprirla, si volta a guardarmi. La sua mano mi sfiora delicatamente il viso mentre mi dà il bacio della buonanotte. Non provo alcun rimorso mentre lascio casa sua, ma una parte di me si chiede se sopraggiungerà non appena sarò sola nella mia stanza.

18

Che meraviglia svegliarsi da sola senza il baccano insistente della sveglia. Controllo l'orologio e vedo che sono appena le otto del mattino. I miei non pretendono mai che mi alzi presto la domenica... anche se apro gli occhi, infilo la testa sotto le coperte e resto a letto finché qualcuno non viene a chiamarmi. Oggi però voglio approfittare del bel tempo.

Dopo una puntata in bagno, infilo gli indumenti da corsa e dissotterro le scarpe dall'armadio. Adoro correre, ma è da un po' che non mi alleno. È difficile pensare all'esercizio fisico quando fatichi persino a mangiare. Sto facendo passi avanti anche in questo senso, e provo un certo orgoglio mentre mi allaccio le scarpe. Riesco a sentire la TV accesa dai miei e l'aroma corposo del caffè, così non mi preoccupo di prendere le chiavi, ma infilo il telefono nel reggiseno, accendo la musica e metto gli auricolari.

Mentre i miei piedi battono sull'asfalto recupero in fretta la respirazione ritmica. Il suono di una chitarra nelle orecchie mi fa sorridere. Ho scaricato gli album di Ed Sheeran non appena sono tornata a casa la sera in cui ho guardato gli aerei con Gabe. Le canzoni mi aiutano a darmi il ritmo giusto mentre corro lungo il marciapiede e su e giù per i lievi pendii del mio quartiere. Sento il sudore scendere in rivoli dalla schiena e dalla testa. Non sono veloce, ma ho lavorato sodo per arrivare ai miei cinque chilometri giornalieri e adoro perdermi nel ritmo della corsa.

Devio dal mio solito tragitto perché mi porterebbe proprio lungo la via di Brady, ma non riesco a fare a meno di guardare in direzione di casa sua mentre percorro una traversa. In lontananza vedo la sua macchina nel vialetto e poi i miei occhi si posano sulla quella di Elle, parcheggiata dall'altro lato della strada. Sento i piedi vacillare sotto di me e mi costringo a proseguire fino al prossimo isolato.

Mi fermo perché il groppo che ho in gola mi impedisce di respirare. Poggio le mani sulle ginocchia e cerco di inspirare profondamente. Non dovrebbe importarmi più. Non è passato abbastanza tempo? Mi concedo un minuto per riacquistare il controllo e poi ricomincio a correre, più veloce stavolta, finché non raggiungo il mio vialetto a tutta velocità.

I miei genitori sono ancora nella loro stanza quando percorro il corridoio. La porta di Rosie è chiusa. Mi infilo nella mia camera e prendo l'ultimo diario dei pensieri dal mio libro, lo apro e lo distendo sulla scrivania. La prima penna che trovo non scrive, ma con la seconda scarabocchio in fretta i miei pensieri.

Situazione: Lei ha passato la notte a casa sua.

Emozioni: AHI. Panico, paura, dolore. Mal di stomaco, acuto dolore al petto.

Pensieri controproducenti: La ama più di quanto amava me. Lei fa già parte della sua famiglia. Sono stata rimpiazzata.

Pensieri alternativi: Alla fine farà soffrire anche lei. Ho visto la sua macchina solo perché ero fuori a cercare di andare avanti con la mia vita.

Lascio la penna e incrocio le braccia sulla scrivania, posandoci sopra la testa. Chiudo gli occhi e cerco di concentrarmi solo sui pensieri alternativi. Non mi sembra di essere andata tanto lontano con la mia vita. Lo vorrei da morire, ma non riesco a cancellare questo dolore. Tiro fuori il telefono dal reggiseno e spengo la musica che si era persa in sottofondo tra i miei folli pensieri. Lascio che le mie dita indugino sui tasti. Forse non è giusto condividere queste emozioni con Gabe, ma posso parlare con lui di qualcos'altro per non sentirmi sola. Comincio a scrivere il messaggio, ma si apre una nuvoletta sullo schermo che mi informa che Gabe mi sta scrivendo. Sorrido, meno male che ho lui accanto in questo momento.

GABE: Cosa fai fra due martedì, dopo la terapia? Ho appena preso due biglietti per un concerto che devi assolutamente vedere. I tuoi ti lasciano stare fuori fino a tardi?

IO: Ti prego, dimmi che è Ed Sheeran!

GABE: Significa che vieni con me?

IO: Sì! Ai miei non importa. Hanno allentato le redini da quando ho compiuto diciotto anni.

GABE: Ti passo a prendere martedì prossimo prima della scuola. Andremo alle nostre sedute e poi via insieme.

Resto seduta a fissare il telefono con un enorme sorriso. Prendo la penna e scrivo una rapida annotazione in fondo alla pagina quando mi viene in mente un nuovo pensiero alternativo.

Sono sopravvissuta a un altro grande momento. Presto non rimarranno più molti momenti cui sopravvivere e riuscirò a ricominciare a vivere la mia vita senza paura che mi facciano soffrire ancora.

Dopo la doccia vado a sedermi in soggiorno con i miei genitori, a guardare un reality registrato che piace a loro, in attesa del momento giusto per accennare ai miei programmi per quel martedì sera. Sono quasi certa che non ci saranno problemi, ma non so se sono pronta a rispondere alle domande che potrebbero farmi sul mio legame con Gabe. Mia madre allunga una mano verso di me sul divano.

«Sei andata a correre oggi?» mi chiede con un sorriso, e mio padre si protende in avanti per poter vedere il mio viso mentre rispondo.

«Sì. È stato bello. Sto cercando di ricominciare a dedicarmi a quello che facevo prima.» Sorrido e spero che si concedano un po' di tregua dalle preoccupazioni genitoriali.

«È fantastico. Dovresti uscire più spesso» dice mio padre prima di bere un sorso di caffè.

«Allora andrebbe bene se andassi a un concerto martedì sera?» La mamma guarda papà e lui le rivolge un cenno d'assenso.

«Quale concerto, e con chi andrai?» chiede la mamma, abbassando la tazza in grembo.

«Ed Sheeran. Gabe mi ha chiesto di accompagnarlo.» Non mi sfugge il modo in cui la mamma sgrana gli occhi per la sorpresa, e i lineamenti di mio padre si contraggono nel sentire il nome di un ragazzo che ha conosciuto di sfuggita solo qualche giorno prima.

«Andrai con lui o prenderai la tua macchina?» mi domanda papà.

«Verrà a prendermi prima di andare a scuola, andremo al concerto dopo la seduta pomeridiana da Laura.»

«Mi sembra meraviglioso. Ti lascerò un po' di soldi per la benzina e la cena.» La mamma torna a concentrarsi sulla TV, ma mi dà qualche colpetto sulla mano con fare rassicurante.

«Grazie.» Mi alzo e raggiungo il corridoio: voglio chiedere a Rosie se le va di fare un salto al centro commerciale per comprare qualcosa da mettere martedì dopo che avrò accompagnato le ragazze in giro per mercatini. Non dovrebbe essere difficile convincerla, visto che in pratica vive lì quando non è agli allenamenti.

Organizzata l'intera giornata, passo a prendere le ragazze e andiamo da Starbucks per bere caffè carissimi mentre giriamo per il quartiere in cerca di giardini stipati di cianfrusaglie che potrebbero servirci per decorare il cortile. Troviamo dei vecchi palloni da spiaggia, sdraio sfilacciate e anche una tavola da surf che sarà fantastica conficcata nella sabbia. Ho trovato qualche affare su

Craigslist, così prendiamo qualcosa anche lì. Ci fermiamo per una tarda colazione da McDonald's prima di nascondere tutto nel garage di Angie. Kathy ci ha garantito che la sabbia è al sicuro nel cantiere di suo padre. Sento l'eccitazione crescere dentro di me, e adoro questa sensazione. Mi ricorda come avevo creduto che sarebbe stato il mio ultimo anno di liceo prima che mi spezzassero il cuore.

Rosie e io arriviamo al centro commerciale appena dopo pranzo e facciamo shopping fin quasi all'ora di cena. Ridiamo e proviamo un milione di cose solo per il gusto di farlo. Quando alla fine ci sediamo in un ristorante, decido che è ora di aggiornarla su Gabe.

«Allora ti piace?» mi domanda non appena la cameriera si allontana.

«Mi piace stare con lui» rispondo in modo evasivo. «E i nostri baci sono stati incredibili.» Rosie ride per l'espressione sul mio viso, che deve essere sognante. «Però a dire il vero non sono pronta per rimettermi in gioco. Quello che è successo con Elle e Brady è una ferita ancora talmente fresca che non credo di essere pronta per intraprendere una storia seria con qualcun altro. È difficile, però, perché quando sono con Gabe sono felice – veramente felice – ma quando non sono con lui a volte mi scopro a pensare a Brady.» Osservo mia sorella che riflette su ciò che ho detto. Beve un sorso della sua bibita quando la cameriera ritorna con le nostre ordinazioni, poi si protende verso di me come per condividere un segreto.

«Allora hai bisogno di passare più tempo con Gabe. Esci con lui finché non la smetterai di pensare a Brady. Cioè, lo rivorresti indietro dopo tutto quello che ti ha fatto passare?» Non vuole mettere il dito nella piaga, ma solo essere sicura di quello che ho intenzione di fare.

Sospiro. «Non c'è davvero Brady nel mio cuore, ma il suo fantasma. La persona che credevo che fosse. Vedo tracce del Brady che amavo, ma poi lui fa qualcosa che mi spinge a chiedermi chi sia adesso. Penso che tutte le parti di lui che amo vivano dentro di me. Credo che non si tratti più di lui e adesso sono io che non voglio rinunciare alla nostra storia.»

Lei riflette per qualche istante e poi sorride. «Ci serve qualcuno per esorcizzare il tuo cuore dalla sua presenza. Non credo che troveremo un prete, ma si dà il caso che io conosca un certo nuotatore davvero figo che potrebbe fare al caso nostro.» Per poco non mi va di traverso la bibita quando comincio a ridere.

«Forse.»

«Be', avete un appuntamento. Vorrà pur dire qualcosa, no?»

«Non lo definirei un appuntamento. Cioè, so che ci siamo baciati, ma nessuno dei due si è sbilanciato verso qualcosa di serio, e non sono sicura che questo sia un male. Mi piace la nostra amicizia e non voglio rischiare di perderla. È il mio primo nuovo amico da quando ho perso Brady ed Elle. Se ci mettiamo insieme potrebbe andare tutto a rotoli. Non credo di riuscire a sopravvivere a un'altra delusione in questo momento.»

«Non puoi sapere cosa succederà» ribatte lei, poi beve un sorso con la cannuccia e scuote il capo. «Lui è diverso. La situazione è diversa. *Tu* sei diversa.»

Ha ragione, però non riesco a fare a meno di pensare che ritenevo diverso anche Brady. Sentivo di coppie che si erano lasciate all'ultimo anno e credevo che a noi non sarebbe mai successo. Credevo che fossimo diversi. Non mi fido di me stessa per individuare i segnali.»

«Non dargli ancora un'etichetta. Non chiamarla "relazione" se questa parola ti spaventa. Uscite insieme come amici che si piacciono. Fa' ciò che ti sembra giusto al momento, senza rimuginare troppo su tutto. Cerca solo di dare a questo rapporto una possibilità di diventare qualcosa di più, se è ciò che desiderate entrambi.» La cameriera ritorna con la nostra pizza.

«La fai facile, tu.»

«Non devi complicare tutto» replica lei. Rido mentre le rubo un pezzo di salsiccia e lo infilo in bocca prima che possa reagire.

I nostri sguardi si incontrano. «È bello averti di nuovo tra noi, Everly. Mi sei mancata un sacco.» Mi rivolge un sorriso e io faccio un cenno d'assenso, intuendo che non sono l'unica ad aver perso qualcuno nelle ultime settimane.

19

Entrare nel parcheggio completamente deserto il lunedì mattina è una cosa surreale. Sono solo le sei e mezza quando posteggio e sveglio Rosie con una lieve gomitata. Lei apre gli occhi lentamente, faticando per mettere a fuoco attraverso la spessa nebbia che si annida all'esterno della scuola conferendole un'atmosfera misteriosa. «Hai ancora i segni del cuscino sulla guancia.» Rido mentre le tiro giù il parasole e apro lo specchietto di cortesia. Lei fa una smorfia mentre si passa le dita sui solchi di un rosso acceso.

«Perché era tanto indispensabile venire così presto?» mi chiede per l'ennesima volta. Ne abbiamo già parlato, ma ogni volta si è riaddormentata e ha dimenticato tutto... o forse me lo chiede un milione di volte come forma di vendetta per averla trascinata qui allo spuntar del sole.

«È la settimana dello spirito scolastico» dico con tono

inespressivo. Allungo una mano sul sedile posteriore, prendo uno dei suoi pompom e glielo tiro addosso senza tante cerimonie. I fili di plastica scintillante sembrano allegri persino a quest'ora del mattino. «Sai, quella settimana in cui le ragazze pompom dovrebbero agitare i pompom.» Il mio sarcasmo funziona a pieno regime anche se il mio cervello è sveglio solo da un ora.

«Non ce la faccio a quest'ora del mattino. Non c'è bisogno di agitarli in questo momento.» Alza gli occhi al cielo ironicamente e poi indica fuori dal finestrino le piante nelle fioriere all'entrata. «Visto? Non c'è niente di sveglio a quest'ora.» Rido quando vedo i fiori solitamente alti pendere fiaccamente, coperti di rugiada. La macchina di Angie si ferma accanto a noi, bloccandoci la visuale dei fiori addormentati. Sorride e ci saluta con la mano, e devo apprezzare il fatto che Rosie trovi l'energia di sorridere e agitare i pompom nella sua direzione. «Sei in debito con me» dice mentre si slaccia la cintura.

Adoro arrivare a scuola a quest'ora. L'umidità e la nebbia provenienti dall'oceano trasformano la nostra scuola, generalmente anonima, in un edificio dall'aspetto enigmatico. Funzionano da filtro, trasformando decenni di usura in punti di riferimento storici pieni di mistero. Quando il sole spazzerà via tutto, alla seconda ora, ritornerà la vista desolante di un complesso scolastico malridotto e deteriorato dal tempo. Strattono Rosie mentre Angie ci raggiunge e ci dirigiamo nella segreteria del consiglio studentesco.

«Buongiorno, signorine» ci saluta la prof Cramier al nostro ingresso. Hanno acceso il riscaldamento a manetta, anche se più tardi desidereremo tutti l'aria condizionata.

«Buongiorno» diciamo in coro. Dopo aver posato le borse apriamo il magazzino e prendiamo più poster che possiamo. Arrivano altri studenti, alcuni allegri ed eccitati per la settimana che ci aspetta, e altri intontiti e muniti di bicchieroni di caffè. Diamo loro i poster e li indirizziamo nei punti in cui vanno appesi. Poi, insieme, cominciamo a tirare fuori i palloncini e a gonfiarli con le bombole d'elio dall'aria antidiluviana.

«Dove avete imparato a farli?» chiede Rosie mentre Angie e io facciamo a turno per gonfiare i palloncini colorati, legandone tre insieme per creare un nastro. Stiamo costruendo un arco di palloncini che fluttueranno all'ingresso della scuola e informeranno gli studenti che c'è qualcosa di speciale in programma per oggi.

Do un'alzata di spalle e faccio il nodo. «È una cosa che si tramanda da uno studente all'altro nel consiglio. Una tradizione, direi.» Angie annuisce, d'accordo con me. «Lo facciamo almeno una decina di volte l'anno. Potrei farlo anche dormendo.»

«Forte» dice Rosie sottovoce, prendendo un palloncino e unendosi alla catena di montaggio.

«Ti sei ricordata il pass?» chiedo ad Angie.

«Sì. Ti aspetto qui alla quarta ora per aiutarti a predisporre il percorso. Non dobbiamo fare nulla di importante a lezione, quindi non sarà un problema.» Gli eventi dedicati agli studenti dell'ultimo anno iniziano oggi e per prima cosa ci sarà la corsa in triciclo. Con le partite e la settimana dello spirito scolastico combinate, com'è tradizione da dieci anni a questa parte, sarà un casino per me e Angie. Dobbiamo supervisionare tutte le attività, ovvero coordinare gli altri membri del consiglio e assicurarci che tutti abbiano un pass firmato ogni volta che salteranno una lezione per darci una mano. Sento un sorriso sbocciarmi sulle labbra. Mi sto divertendo da morire. Nonostante l'ansia e la tensione, sarà una settimana fantastica.

«Ieri sera ho aggiornato la nostra pagina Facebook. Abbiamo tutto quello che ci serve per domani. Credo che in realtà ci sia anche più del necessario. Se tutti scendono dal letto e ci raggiungono in cortile alle sette in punto, dovremmo farcela.» Prendo un altro palloncino e lo allungo così è più facile da gonfiare.

Rosie ne sistema un'altra fila. «Spaccheremo di brutto» dice sottovoce per non farsi sentire dalla Cramier. «Il rosso è brillante e sarà ovunque.»

I colori vengono usati per promuovere lo spirito della classe. La classe di Rosie è rossa e quella dell'ultimo anno è blu. L'anno prossimo, i nostri colori passeranno a quelli del primo anno. Domani c'è la gara di decorazione dei cortili. Ogni classe ha scelto un tema in cui utilizzare il proprio colore e proverà a vincere impressionando gli insegnanti che si sono offerti di fare da giuria. La classe vincitrice ha diritto di sfottere gli avversari e otterrà i posti migliori al raduno di venerdì.

Angie e io ci scambiamo un'occhiata mentre Rosie allunga il suo palloncino. Lei e io abbiamo organizzato l'intera impresa, e da quello che si sente in giro le altre classi sono molto meno preparate. «A proposito di rosso» fa Angie «ti ricordi di dire agli insegnanti di vestirsi di rosso per la partita di basket insegnanti contro studenti di mercoledì?»

«Sì. Sabato ho mandato una mail di promemoria. Ne manderò un'altra martedì. Hai parlato con il coach per sapere se possiamo usare il campo da football per l'allenamento in pausa pranzo?» Le iscrizione per la partita femminile sono state numerose. Abbiamo abbastanza ragazze per formare due squadre. I ragazzi che devono allenarci saranno perfetti. Mi chiedo se Brady ci sia rimasto male per non essere stato scelto. Oggi è il primo giorno in cui ci incontreremo tutte per decidere le squadre e cominciare l'allenamento. Non abbiamo molto tempo a disposizione, ma questa settimana ci alleneremo in pausa pranzo e resteremo dopo la scuola per due ore fino alla partita di venerdì.

«Sì. Ha detto che è tutto sistemato. Vuole solo che ricordiamo alle ragazze che sul terreno ci si può far male, quindi sarà meglio proteggere ginocchia e gomiti.» Angie fa scorrere qualche palloncino mentre John, il rappresentante del primo anno, fa capolino dalla porta.

«Abbiamo finito con i poster. Avete ancora bisogno di noi prima di pranzo?» Altri ragazzi si radunano dietro di lui.

«No, credo che abbiamo tutto sotto controllo. Assicuratevi di essere presenti a fare il tifo per l'ultimo anno.»

«Intesi» dice sorridendo, e se ne va.

Noi tre continuiamo a concentrarci sull'arco, il sibilo sonoro della bombola e lo stridio snervante della pelle che manipola il latex riempiono la stanza. Dopo qualche altra fila Angie incontra il mio sguardo. «Ho parlato con Ethan per le squadre» dice, titubante. Sento il cuore accelerare. Ho provato a pensare a cosa farei se io ed Elle fossimo nella stessa squadra, e proprio non riesco a figurarmi niente di più drammatico.

Lei lega il suo palloncino. «Gli ho detto che sarebbe fantastico se non ci fosse alcun conflitto tra le squadre. Gli ho ricordato che Jennifer e Rachel non vanno d'accordo, e che potrebbero esserci altre ragazze che preferirebbero restare separate.»

«Sopravvivrò» le dico, perché è vero. Potrebbe essere dura trovarsi in squadra con Elle, ma sono decisa a non permetterle di rovinarmi anche questo.

«Certo» ribatte in fretta. «Ma mi ha assicurato che lui e Hector lo terranno a mente oggi pomeriggio quando formeranno le squadre.» Mi sento sollevata e mi lascio sfuggire un lungo sospiro. «Mi ha anche raccomandato di salutarti e di informarti che cercherà di inserirti nella sua squadra.» Sorride in modo elusivo. Sento le guance avvampare. Angie e Rosie ridono.

«Grazie.»

«Prego» replica lei. Lavoriamo ancora un po' e poi Rosie se ne va a chiacchierare con una sua amica prima che comincino le lezioni. Angie e io continuiamo a lavorare, sperando di finire l'arco in fretta per poterlo installare prima che molti studenti arrivino a scuola. Ben presto restiamo sole, e lei mi sussurra: «Non vedo l'ora che sia domenica sera». Le brillano gli occhi per l'eccitazione.

«Anch'io.»

20

Sono sdraiata sul letto, da un sacco di tempo non ero così eccitata. Il cuore batte forte e mi tremano le mani mentre aspetto al buio di sentire il pickup di Gabe. Sarà difficile portare tutto ciò che serve per lo scherzo con le braccia indolenzite. Sollevo un braccio e sento il muscolo tirare, la prova di una settimana passata a sgobbare per imparare a ricevere e lanciare una palla ovale. Non riesco a non provare un certo orgoglio per come ha collaborato bene la mia squadra, e se chiudo gli occhi posso rivivere il dolce brivido della vittoria quando abbiamo segnato l'ultimo touchdown.

Questa è stata una delle settimane più assurde della mia vita. Mi alzavo ogni mattina prima dell'alba per arrivare a scuola e preparare le attività giornaliere e poi passavo ogni pausa pranzo e due ore dopo le lezioni ad allenarmi con la mia squadra. Ho dovuto persino cancellare l'appuntamento di martedì con Laura per potermi allenare con le ragazze e trovare il tempo per organizzare gli allenamenti per la partita di basket docenti contro studenti di mercoledì. Sono esausta, ma molto soddisfatta per l'enorme successo della settimana dello spirito scolastico.

Quelli dell'ultimo anno hanno vinto la gara di decorazione dei cortili, ma quelli del primo si sono dimostrati un degno avversario con cui fare i conti. Angie e io abbiamo sbirciato il loro cortile mentre gli insegnanti erano impegnati nelle valutazioni, ed entrambe siamo rimaste sorprese da come abbiano unito gli sforzi per creare una straordinaria ambientazione tropicale. Ho visto come hanno osservato le altre squadre e come sembravano tener conto di cosa funzionava e come migliorare. Se avessi dei soldi da scommettere, direi che l'anno prossimo questa classe vincerà a mani basse. Il nostro tema – *In fondo al mare* – ci ha permesso di essere creativi, ma ben pochi di noi sanno quanto è stato ingegnoso visto che riuseremo un sacco di oggetti stasera per lo scherzo dei diplomandi.

Sento il ruggito di un motore e il mio stomaco, già stretto in una morsa di nervosismo, adesso fa le capriole per l'eccitazione al pensiero di vedere Gabe. L'ho visto a malapena questa settimana, con l'eccezione della gara in maschera di giovedì. Io presentavo l'evento, ma Gabe ha rubato la scena con il suo costume estroso. Sbircio ancora una volta la foto di noi due che ho salvato come sfondo sul telefono prima di infilarlo in tasca e scendere di sotto.

Chiudo piano la portiera quando salgo sul pickup. I miei sanno dove sto andando, ma non voglio svegliare tutto il quartiere. Nell'istante in cui vedo il volto sorridente di Gabe, mi accorgo di quanto ho sentito la sua mancanza questa settimana. Il mio cuore vacilla un pochino. «Ciao, chi si rivede» dice mentre mi allaccio la cintura.

«Ciao. Scusa se sono stata occupatissima.» Lui esce dal vialetto e ci dirigiamo verso il cantiere del papà di Kathy, dove ritireremo la sabbia. Dovrebbero esserci altri quattro pickup ad aiutarci.

«Sei stata grande questa settimana. Tutti continuano a parlare di quanto si siano divertiti.»

«Grazie.»

«E adesso tutti sanno che con te la difesa è invalicabile.» Mi sforzo di non sorridere come una deficiente per quel complimento. «Hai fatto finire Teresa col culo per terra.»

«Mi dispiace da morire. Non volevo placcarla, ma lei era talmente aggressiva...»

«Già, sul finire erano tutte a un passo dalla disperazione.» In effetti le abbiamo stracciate. Pensavo che sarebbe stato davvero importante per me battere Elle, ma una volta scesa in campo con le mie compagne di squadra e nuove amiche, mi sono divertita da matti e non mi è più interessato che vincessimo o no la partita.

«Sono contenta che il ballo non sia questo weekend. Sono sicura che certi lividi ed escoriazioni ci metteranno un bel po' a guarire. Pensa che ridere, presentarsi tutte in tiro e coi lividi a vista.»

«Ti ha sorpreso che Elle sia entrata nella top 10 per la reginetta del ballo?» mi chiede con un certo tatto, perché sa che dovrò infilarle la fascia al raduno.

«No. Ho sempre saputo che sarebbe arrivata almeno in finale. Scommetto che verrà eletta. Solo nelle favole la cattiva riceve ciò che merita.» Lui fa un cenno d'assenso, e io do voce al mio percorso mentale. Quando ho letto il suo nome mi è preso un colpo. È stata la prima volta da settimane che sono stata costretta a guardarla negli occhi e, a essere sincera, è stata dura. Lei non ha detto niente mentre le mettevo la fascia, ma ho percepito i suoi occhi che fissavano i miei per tutto il tempo. «In realtà tutta la faccenda mi rattrista un po'.»

«Che vuoi dire?» Ci fermiamo davanti all'indirizzo che mi ha dato Angie e Gabe spegne il motore dopo aver parcheggiato dietro al pickup di Teresa, che ha già il portello posteriore aperto.

«Tutte le altre ragazze non riuscivano a staccare gli occhi dalla fascia mentre gliela mettevo. Erano su di giri, tutte gridolini e saltelli. Ma quando l'ho messa a Elle, lei invece guardava me. È stato come se quella fascia pesasse una tonnellata. Credo che non le abbia fatto piacere riceverla da me.» Tiro la maniglia e apro la portiera, accendendo la luce nell'abitacolo.

«Ti ha fatto una cosa terribile. A volte anche la vittoria più dolce si rivela dolorosa quando è intrisa di tutta la cattiveria che abbiamo sfoderato per ottenerla.» Estrae le chiavi dal quadro e apre la portiera anche lui. Prima di raggiungere gli altri si volta verso di me. «Ho visto come ti guardava Brady quando gli hai messo la fascia.» Basta questo accenno per mandarmi lo stomaco in subbuglio.

Ho visto come mi tremavano le mani mentre gli infilavo la fascia. Anche lui mi ha guardato, ed è stato come se sperasse nel perdono invece che in una stupida striscia di stoffa. Ho avuto solo un secondo prima di annunciare il nome successivo, e non sono riuscita a trovare qualcosa da dirgli. Alla fine, gli ho rivolto solo un'alzata di spalle. Il corpo studentesco forse non avrà capito che non meritava la loro ammirazione, ma io lo sapevo.

«Everly!» Qualcuno mi chiama, distogliendo la mia attenzione da Gabe. Sento la voce di Angie e vedo il bagliore di una torcia che ballonzola inquieto. «Venite qui!» Gabe viene dal mio lato e mi porge una torcia piuttosto pesante. Ci facciamo strada verso l'enorme ammasso di sabbia.

«Sarà una figata» non riesco a trattenermi dal dire quando un enorme bulldozer raccoglie un po' di sabbia e la deposita nel cassone di un altro pickup. Kathy è proprio una testa calda, ma osservarla guidare il bulldozer di suo padre con gli occhiali di protezione e un'espressione determinata mi rende orgogliosa del fatto che sia mia amica. Ci vuole meno di un'ora per riempire i rimorchi con la sabbia e poi partiamo tutti alla volta della scuola. Alcuni nostri compagni sono già al lavoro per sistemare gli oggetti che abbiamo conservato dalla gara di decorazione, i grandi reperti trovati domenica mattina ai mercatini dell'usato e gli oggetti presi in prestito dal corso di recitazione. Quando raggiungiamo i campi da basket sul retro della scuola, sono quasi le due di notte. Ci vogliono più di due ore per scaricare tutta la sabbia e radunare gli oggetti che tenevamo a casa di Angie.

I mezzi hanno spento i fanali e hanno raggiunto in retromarcia i tavoli da pranzo appena fuori dal cortile. I ragazzi cominciano a riversarsi dalle macchine parcheggiate al buio e dal corridoio emerge un altro gruppo che ha già cominciato a darsi da fare. Mi commuovo un pochino mentre osservo tutti i ragazzi nel bagliore delle torce. Ragazzi che non si sono mai parlati prima stanno lavorando insieme. Non sembra avere importanza chi è popolare e chi no, tutti i gruppi si fondono per creare un unico aggregato di studenti dell'ultimo anno. I ragazzi del corso di recitazione stanno passando secchi di sabbia agli atleti, e i cultori del metal aiutano i membri dell'orchestra scolastica a stabilizzare l'albero di palma. Ci sono anche Elle e Brady, ma rispettano la distanza che cerco di mantenere tra noi, e aiutano ai confini del cortile mentre io coordino gli studenti dal centro. Vorrei che ogni giorno di scuola fosse stato così. C'è una parte speranzosa di me che si chiede se forse tutti noi matureremo e lasceremo la scuola lasciandoci alle spalle questa esperienza terribile.

Gabe e io ci mettiamo al lavoro, e due ore dopo sessanta studenti si ammassano sulla splendida spiaggia che abbiamo creato per scattare una foto. La luce è terribile e le nostre figure vengono sgranate, ma alcuni bei momenti non si possono catturare in una foto. Sto sorridendo quando Gabe mi lascia fuori da casa mia, con la sua felpa addosso a tenermi caldo e le scarpe in mano perché non ho resistito alla tentazione di entrare in una delle piscinette piene d'acqua. Tra qualche ora il resto degli studenti entrerà nel campus e si troverà immerso nella sabbia fino alle caviglie, all'ombra di un gigantesco albero di palma. Forse non ricorderanno tutto quello che avranno imparato a Chimica o la combinazione del loro armadietto, ma tra molti anni ricorderanno ancora il giorno in cui si sono seduti su una spiaggia nel bel mezzo del cortile numero quattro.

21

Sono sicura che ci sono stati scherzi molto più clamorosi di quello organizzato da noi, ma ieri mattina mentre gli studenti si riversavano nel campus per ritrovarsi su una spiaggia, ho capito che lo scherzo di quest'anno diventerà leggenda. Ho ancora la sabbia nelle scarpe. Ci sono volute due ore per rimuoverne abbastanza da consentire l'accesso alle aule del piano terra, e benché questa possa sembrare una trasgressione degna di una punizione esemplare, credo che il corpo docente abbia apprezzato il fatto che non sia stato provocato alcun danno permanente. Possiamo ringraziare i diplomati dell'anno scorso, che avevano incollato tutte le serrature fornendo agli insegnanti un minimo di prospettiva per quest'anno. Poteva andare peggio. Invece, tutti i diplomandi si sono radunati nel cortile quattro all'ora di pranzo, per mangiare sulla sabbia bianca e godersi una giornata alla nostra finta festa in spiaggia.

Il giorno del concerto ho messo la sveglia mezz'ora prima del solito, così avrò modo di sistemarmi i capelli prima di andare a scuola. Dopo la doccia mi assicuro di applicare la crema che ho usato il giorno che ho conosciuto Gabe, che ha un dolce profumo fruttato e un lieve accenno di brillantini. Quel tanto per far sembrare la pelle scintillante.

Mi asciugo i capelli e poi li arriccio in ampi boccoli lungo la schiena. Applico il trucco ben sapendo che dovrà resistere per tutto il giorno. Il mio outfit è piuttosto diverso da quello che indosso di solito per la scuola, ma volevo scegliere qualcosa di speciale per stasera. La gonna nera di jersey e la maglietta bianca smanicata mi fasciano il corpo in modo molto femminile, mettendo in risalto tutti i miei punti di forza. Infilo un paio di Toms, non voglio avere i piedi troppo indolenziti a fine giornata.

Il viso di Rosie si illumina quando la incontro in corridoio. «Sei bellissima, Everly!» Mi abbraccia, attenta a non schiacciarmi i capelli.

«Grazie. Augurami buona fortuna.» Mi do una sistemata e vado in cucina a prepararmi una ciotola di cereali prima di correre in bagno a lavarmi i denti. Mi guardo nello specchio e per tutto questo tempo mi sembra di essermi nascosta, solo per riemergere oggi più vivace di prima.

Sento il rombo del motore di Gabe che si ferma davanti a casa, prendo la borsa e la butto in spalla. La mamma mi saluta con la mano dalla cucina quando apro la porta e mi preparo a raggiungere Gabe. È già sceso dal pickup per venire a suonare, ma si ferma di colpo. Mi squadra dalla testa ai piedi con una lenta occhiata che mi fa ribollire il sangue. Quando i suoi occhi finalmente incontrano i miei, il suo interesse è evidente.

«Wow» dice con un tono ai limiti della decenza.

Mi apre la portiera e io salgo a bordo. Sorride prima di fare il giro e riprendere posto dietro al volante. Ride un po' e io aggrotto la fronte, pensando che forse ho mal interpretato il calore del suo sguardo un attimo fa. «Everly, sei così bella che non so se riuscirò a tenere gli occhi sulla strada e a farci raggiungere la scuola sani e salvi.»

«Grazie» dico, e riesco a stento a contenere il mio sorriso. Sento le guance avvampare mentre lui annuisce e poi si immette in strada. Lo guardo guidare, osservando attentamente i suoi lineamenti e notando che i suoi occhi sembrano stanchi e smarriti. «Come vanno le cose con tua sorella?»

«Se la cava, direi. I miei continuano a insistere che non sono tornati prima dal loro viaggio per via della nostra lite, ma non sono molto bravi a mentire.» Dà un'alzata di spalle e appoggia un braccio sulla portiera.

«E tu come stai?» Giurerei di riuscire a vedere un milione di pensieri attraversargli il viso prima della sua risposta.

«Anch'io me la cavo. Ho detto ai miei che non posso essere io quello che le chiede di prendere le medicine quando non ci sono. Sono arrivato a odiare l'unica cosa che ci dà una qualche speranza di equilibrio e serenità. Odio quelle pillole.» I suoi occhi cercano i miei. «Non permetterò che rovinino il rapporto con mia sorella.»

«Lo capisco. Non permetterei a niente del genere di intromettersi tra me e Rosie. Qualcuno dovrebbe badare a Maggie, ma credo che dire ai tuoi che non hai intenzione di sobbarcarti questo compito sia la cosa migliore per te e tua sorella.»

Rimaniamo in silenzio mentre aspettiamo l'ultimo semaforo prima di svoltare nel parcheggio della scuola. Sono un po' nervosa al pensiero di farmi vedere in giro così diversa. Gabe fa il giro e mi apre la portiera, ma non si sposta indietro mentre scivolo giù dal sedile. I suoi occhi scrutano i miei prima di scendere sulle mie labbra. Sento la lingua guizzare fuori per inumidirle mentre lui si china su di me, per sussurrarmi all'orecchio.

«Mi fai morire vestita così.» Allunga una mano per recuperare la mia borsa e me la porge. La prendo ed entriamo dall'ingresso principale, il cuore che ancora mi batte forte per quello sguardo. Nell'istante in cui raggiungiamo insieme il corridoio, i miei occhi incrociano quelli di Brady. L'espressione sul suo viso mi provoca un certo compiacimento. Ci vuole un decimo di secondo per ricordare che non ho fatto questo per attirare la sua attenzione. I suoi occhi scendono per abbracciare il quadro nella sua interezza prima di tornare sul mio viso. Noto che ho rallentato il passo quando la mano di Gabe mi tocca delicatamente la schiena, guidandomi verso il mio armadietto. Non so se Gabe ha notato che mi guardava, e non me ne importa un accidente. Brady non ha più motivo di guardarmi, e sono felice di essere in compagnia di qualcuno che mi sappia apprezzare come Gabe.

«Ci vediamo a pranzo» mi sorride. Suona la campanella e io faccio qualche passo indietro prima di allontanarmi dagli armadietti.

Avrei dovuto dar retta a Laura settimane fa, quando mi ha detto "finché non ce la fai, fingi", e mi ha incoraggiato a vestirmi in un modo che rispecchiasse lo stato d'animo che volevo raggiungere. Adesso capisco il messaggio che stava cercando di trasmettermi. Mi sento più allegra e più felice. Oggi pare che tutti guardino nella mia direzione. Altri miei vecchi amici mi avvicinano nel corso della mattinata, e mi chiedo se è perché ho ripreso a sorridere.

Nonostante l'attenzione generale, l'unica persona con cui voglio veramente stare è Gabe. Quando lo trovo davanti al mio armadietto all'ora di pranzo mi viene quasi voglia di baciarlo, lì davanti a tutti. Lui cerca di nascondere il proprio sorriso mentre attraverso il cortile per raggiungerlo, ma riesco a vedere lo spasmo delle sue labbra prima che perda la battaglia. Il suo volto si illumina. Sta scuotendo il capo quando lo raggiungo.

«Se sento ancora un tizio dire quanto sei sexy oggi, finirò per rompere il naso a qualcuno.»

«Ma smettila» scherzo, dandogli un lieve pugno sul braccio. Recupero il cesto del pranzo e ci dirigiamo verso quello che ho cominciato a considerare il *nostro posto*. Oggi l'energia tra noi sembra fare scintille. Resisto all'impulso di toccarlo e non posso fare a meno di indugiare con lo sguardo su di lui un po' più a lungo del solito. Quando mancano solo pochi minuti all'ora successiva, si sposta più vicino sulla panchina e le nostre gambe si toccano. Fa scivolare la mano in fondo alla mia schiena. È una sensazione meravigliosa stargli così vicino, anche se c'è la possibilità che gli altri ci vedano.

Quando suona la campanella, i suoi occhi scendono sulle mie labbra. Sono tentatissima di baciarlo, o anche solo di accarezzargli la guancia o passargli le dita tra i capelli, ma farlo davanti ai nostri compagni potrebbe costringerci a definire la nostra relazione… e non sono ancora pronta per questo.

Il resto della giornata sembra trascinarsi lentamente e non mi sento libera finché non prendo posto sulle gradinate, in attesa che Gabe finisca l'allenamento. Mi vede nell'istante in cui entro, raggiunge il mio lato della piscina e mi schizza un po' d'acqua addosso. L'allenatore lo richiama quando gli altri ragazzi finiscono le loro vasche e io aspetto che faccia una doccia veloce prima di andare a terapia.

Sembra bizzarro e anche stranamente confortante andare da Laura con lui. Allunga una mano attraverso il sedile e prende la mia, tenendola lungo tutto il tragitto. Gli racconto del tizio che alla quinta ora si è rovesciato con il banco ed è rimasto incastrato per un po'. Mentre procediamo, quasi non gli chiedo se siamo ancora "solo amici". Non comincio una relazione da talmente tanto tempo che ho dimenticato come si fa. Sto ancora valutando la situazione quando entriamo in sala d'attesa e ci sediamo ai soliti posti sul divano. C'è anche la nostra amica impicciona, con la mascella che rischia di sfiorare il pavimento quando ci vede entrare insieme e lui mette il braccio dietro di me sul divano.

Il suo terapista è il primo a uscire, e io controllo l'orologio per vedere se Laura è in ritardo. Finalmente, dopo qualche altro minuto, apre la porta e mi fa cenno di entrare mentre l'altra paziente se ne va. Porto solo il diario dei miei pensieri, visto che ho lasciato tutto il resto in macchina. Lei mi guarda stupita e poi poggia i piedi sull'estremità dell'ottomana. «Hai un aspetto fantastico.

Questa è la ragazza che eri prima di Brady o quella che vuoi diventare?»

«Quella che voglio diventare.» Ci ho pensato tutto il giorno. È bello prendermi cura di me stessa. Lei annuisce d'approvazione e io ne sono contenta.

«Allora cos'è successo, Everly?»

«Il tempo» rispondo scherzosamente.

«È chiaro, è chiaro.» Si dondola indietro sulla poltrona e indica il foglio piegato che ho in grembo.

Lo apro e glielo porgo. «Credo di vedere qualche progresso» dico mentre lei si alza per fare una fotocopia da inserire nel mio fascicolo. «Adesso mi sembra un pochino più utile.» Me lo restituisce e legge la copia che tiene in mano.

«Sono felice che stia funzionando. Hai qualche domanda?» Ruota la penna tra le dita.

«No, non su questo.»

«Oh, su che altro?» Smette di giocherellare con la penna e aspetta che continui.

«Quando saprò che è il momento giusto per iniziare una nuova relazione? Se lo faccio troppo presto, andrà tutto a rotoli?» Afferro il cuscino e lo tengo stretto.

«Non c'è un'equazione magica per questo. Devi soltanto fidarti del tuo istinto. Se ti fa star bene frequentare questa persona nuova e se riesci a dargli un'occasione di costruire qualcosa senza farti tormentare dal pensiero di Brady quando siete insieme, allora sei pronta.»

«Come faccio a capire se posso dargli un'occasione?» mi sfilo le scarpe e infilo i piedi sotto di me.

«Solo il cuore può guidarti. Stai pensando di uscire con qualcuno?» La sua domanda mi fa arrossire un pochino.

«Forse lo sto già facendo. Lui sa tutto di me e Brady e sembra comprendere che per me certe volte è difficile separare la vita attuale dalla quella precedente.»

Laura annuisce. «E com'è la tua vita adesso?»

Comincio a tirare un lungo filo che fuoriesce dal cuscino. «Ho costruito delle solide amicizie al di fuori della cerchia di Brady ed Elle. A pranzo sto con altri amici, se non ho il turno di mediazione. Ci sono delle nuove persone davvero importanti nella mia vita, ma stavolta non ho l'impressione che tutto il mio mondo ruoti attorno a qualcun altro.»

Lei scrive qualcosa e poi mi guarda. «Hai paura che anche tutto questo finirà se le cose non funzioneranno con qualcun altro?» Lascio andare il filo e la guardo negli occhi. Si protende in avanti, stringendosi le ginocchia per venirmi più vicina.

«È solo che è stato difficilissimo trovare l'energia per riprendermi dopo che Brady mi ha lasciata. Ero a pezzi.»

«Il dolore è normale. Molte persone percepiscono un senso di incapacità a reagire quando subiscono una perdita. Tu hai ricevuto un brutto colpo, ma non hai permesso che ti abbattesse. Hai compiuto un percorso di crescita e ti sei impegnata per ricostruire la tua vita.» Le sue parole sono un incentivo a proseguire sulla strada che ho scelto. Ho imparato che ci vogliono un sacco di pezzi per rimettere insieme una vita, e non voglio più che il mio mondo ruoti attorno a qualcun altro.

Parliamo della settimana dello spirito scolastico e di quanto è stato fantastico sapere di aver contribuito al suo successo. Se qualche settimana fa mi avessero chiesto di immaginare che le cose si sarebbero sistemate così, non ci sarei mai riuscita. A fine seduta, Laura mi pone un'ultima domanda. «Credi che andrai al ballo con Gabe?»

Faccio spallucce, ma non posso fare a meno di lasciarmi sfuggire un lieve sorriso. Non sono sicura di avere il fegato di chiederglielo, ma più discutiamo del ballo al consiglio studentesco, più mi entusiasmo al pensiero di andarci. Forse è perché mi sto abituando a fare tutto senza Brady, o forse è perché immagino di fare più cose con Gabe. Qualunque sia la ragione, ciò dimostra quanti progressi ho fatto nel mettermi alle spalle questa terribile esperienza. Con un enorme sorriso e le guance arrossate da un leggero imbarazzo, ammetto: «Forse».

22

Dopo aver trovato un po' di traffico durante il tragitto, Gabe parcheggia in un'area pubblica a un isolato dallo Staples Center. Non sono mai stata a un evento come questo e sento un'ondata d'eccitazione mentre le strade si riempiono di venditori di souvenir e di altra gente che come noi sta andando al concerto. Gabe mi prende per mano quando scendo dal pickup e percorriamo il marciapiede in mezzo all'altra gente.

«Hai fame?» mi chiede, avvicinandosi in modo che possa sentirlo nel brusio del traffico e dei clacson di automobilisti impazienti. Adoro il suo respiro caldo che mi sfiora la pelle, e sono contenta di sentirmi a mio agio così vicina a lui.

«Sì. Mia madre vuole offrirci la cena. Mi ha lasciato i soldi e mi ha detto di insistere.» Scendiamo dal marciapiede insieme a un folto gruppo di ragazzine che indossano delle magliette verde acceso con una gigantesca X nera sul davanti.

«Allora puoi scegliere il locale.» Mi tira sulla destra, separandoci dalla massa di persone dirette allo stadio. È in questo preciso istante che questo comincia a sembrare un vero appuntamento. C'è una parte di me che non riesce a immaginare una serata più perfetta o una persona più perfetta con cui trascorrerla, ma un'altra parte sta gridando che non sono ancora pronta. Gabe mi stringe la mano leggermente e mi fa fermare, voltandosi per potermi guardare negli occhi. «Tutto okay?»

Non posso fare a meno di sorridere, e sento la voce negativa nella mia testa farsi un po' più flebile. Lui mi rende felice e stare con lui è la cosa più naturale del mondo. «Sì. Sto bene.» Mi guarda con un'ombra di sospetto, poi annuisce e si dirige verso il tabellone che elenca i locali del palazzetto dello sport. Decidiamo che la steakhouse sarebbe perfetta e la raggiungiamo. I tavoli sono apparecchiati con tovaglie bianche e tovaglioli fantasia, e il personale indossa pantaloni e camicia casual.

Gabe scosta la sedia per me e poi mi si siede di fronte a un tavolino per due. Ordiniamo due bibite, e quando la cameriera si allontana lui mi prende la mano, voltandola per potermi accarezzare il palmo con il pollice.

«A cosa stai pensando? Lo vedo che sei distratta.» I suoi occhi si spostano dal mio palmo per incontrare i miei e prima che li distolga vi leggo un accenno di preoccupazione. Sento una morsa allo stomaco e d'un tratto diventa più difficile respirare.

Mi schiarisco la voce. «Ci sono momenti in cui mi rendo conto che sto facendo cose che non pensavo avrei mai fatto di nuovo. E questo mi sbalordisce. Come quando abbiamo attraversato la strada prima, stavo pensando a quanto sono emozionata di essere qui con te e al fatto che sembra un primo appuntamento vero e proprio.» Il suo viso si intenerisce.

«E questo ti preoccupa?» mi domanda. Faccio di sì con la testa e gli afferro l'altra mano, stringendo finché non mi guarda negli occhi.

«Ho paura che andrà a finire male se diventerà qualcosa di più serio. Adoro essere tua amica e non voglio che qualcosa rovini la nostra amicizia.»

«Anch'io adoro essere tuo amico, però voglio anche di più.» Attira le mie mani un po' più vicine. «Non dobbiamo affrettare le cose. So che hai paura e capisco da cosa derivi. Non posso prometterti che insieme saremo felici per sempre, ma posso darti la mia parola che non ti tratterò mai come ha fatto lui.» Le sue parole mi fanno sorridere e sento di innamorarmi un po' di più di lui. È un'emozione incredibile, sembra quasi euforia. Resto senza fiato mentre osservo Gabe prendere il menù, completamente inconsapevole di cosa sta accadendo in me mentre siamo seduti qui.

La cameriera ritorna al tavolo, ma io non ho dato nemmeno un'occhiata alla lista. I miei occhi sono fissi su Gabe, e tutto il resto è solo rumore di sottofondo.

Quegli occhi accesi, multicolori incontrano di nuovo i miei e le sue labbra si curvano in un sorriso sghembo. Sento che sto per sciogliermi. La sua testa si inclina di lato e i suoi occhi si spostano sulla cameriera. Aspettano me e io scuoto la testa per cercare di concentrarmi su quello che dovrei fare. Ordino la prima cosa che vedo e lei se ne va, lasciandomi di nuovo sola con lui.

«Cosa stiamo facendo, Gabe?» gli chiedo, perché ho bisogno di sapere se pensa davvero che valga la pena provare.

Lui si protende in avanti appoggiando i gomiti sul tavolo. «Tutto quello che vuoi.» Il suo tono è serio e i suoi occhi brillano di speranza e sincerità. «Sto aspettando che sia tu a fare il primo passo. So che nessuno dei due è perfetto, e che i nostri cuori sono in mille pezzi, ma credo che questi nostri brandelli combacino alla perfezione.»

Sento una lacrima scivolarmi lungo la guancia e per la prima volta da più di un mese è una lacrima di gioia e non di dolore. La sua mano si solleva lentamente e la asciuga, poi le sue dita mi sollevano il mento e lui si protende verso di me. E nel bel mezzo del ristorante, nel tintinnio delle posate che incontrano la ceramica, mi bacia. Mi bacia come se nessuno ci stesse guardando, come se fosse necessario come respirare, e io faccio altrettanto, perché fin dal primo giorno non ho mai smesso di infatuarmi di lui. È uno slancio alla cieca, uno scatto in avanti verso lo spaventoso ignoto, e non ho mai avuto così tanta voglia di buttarmi.

«Adoro stare con te, Gabe. Mi fai dimenticare tutte le cose assurde che mi passano per la testa. È che ho paura di perdere tutto questo.» Mi sfugge una risatina. «Ho persino detto a mia sorella di prendermi a sberle se avessi donato di nuovo il mio cuore a qualcuno, eppure eccomi qui con te a fare esattamente quello che le ho detto di impedirmi di fare.»

«E allora che cosa vuoi che sia? Sappi che mi spezzerai il cuore se mi dirai "solo amici".» Il suo sorriso adorabile amplifica il mio. «Gli amici non si baciano sulla bocca.» Prende il bicchiere e beve un sorso della sua bibita. Non è uscito dai contorni del piccolo tavolo che condividiamo.

«No, credo di no» lo prendo in giro. «Dobbiamo per forza mettergli un'etichetta? Temo che così facendo si rovinerà tutto. E poi non voglio che tutti ci guardino in attesa che la nostra storia vada a rotoli.» Anch'io bevo, mentre l'ansia comincia a crescere e riesco a sentire il cuore che batte all'impazzata e le mani che cominciano a tremare mentre poso il bicchiere.

«Non mi serve un'etichetta. Non è questo l'importante.» Provo un'ondata di sollievo per le sue parole, per fortuna non mi sta mettendo pressione per definire ciò che siamo. So che è un ragazzo fantastico e non voglio perderlo, ma non voglio nemmeno fare con lui lo stesso errore che ho fatto con Brady. Spero di riuscire a riconoscere il momento giusto per fare le cose sul serio.

23

Le luci si abbassano mentre raggiungiamo i nostri posti. Lo stadio si sta riempiendo in fretta, e mentre l'oscurità innesca l'energia tra la folla Gabe mi trascina nella prima fila del primo settore. Il palco si vede chiaramente e sorrido talmente tanto per lo stupore che quasi mi fanno male le guance. Non siamo in mezzo al gruppo di ragazzine urlanti radunate ai piedi del palco, ma comunque abbastanza vicini per riuscire a distinguere le dita dei musicisti mentre suonano.

Le luci si accendono e comincia il numero d'apertura, trombe e batteria che ruggiscono verso la folla, rendendo impossibile stare seduti. Ogni volta che guardo Gabe, anche lui mi sta guardando, con uno splendido sorriso sul volto. Cerca la mia mano e quando la band lascia il palco se la porta alla bocca e la bacia.

«Ti stai divertendo?» mi chiede.

«Sì! Non riesco a credere di essere qui. Scommetto che alla fine del concerto mi fischieranno le orecchie.» Mi sistemo una ciocca di capelli dietro l'orecchio e lui usa la mano libera per fare lo stesso dall'altra parte. La sua espressione mi dice che si sta divertendo anche solo a vedermi così entusiasta.

«Penso proprio di sì, ma passerà, giuro.» Mi bacia dolcemente.

«A volte vale la pena soffrire un po'.» Forse non lo sa, ma sto imparando che l'esperienza di stare con lui potrebbe valere ogni eventuale sofferenza futura.

Le luci si abbassano di nuovo e questa volta un unico enorme riflettore segue Ed Sheeran che sale sul palco. Comincia a suonare, e sono completamente ipnotizzata da come le sue dita scivolano con tanta facilità sulle corde della chitarra. Gli schermi alle sue spalle si illuminano di mattoncini colorati mentre canta *Lego House*. Le parole hanno un forte impatto su di me, sembrano assolutamente adatte alla mia relazione con Gabe. Ed canta della promessa di recuperare i pezzi, riparare ciò che è rotto e garantire un rifugio dalla tempesta. La folla intorno a noi ondeggia al ritmo della sua dichiarazione sincera di cedere il proprio cuore e barattarlo con quello dell'amata.

Gabe sta guardando i Lego sullo schermo che si incastrano e poi si separano, trasformandosi gradualmente in diverse figure. Pensavo che non sarei riuscita a staccare gli occhi dal palco, ma adesso non riesco a decidere se voglio guardare il concerto o la reazione di Gabe. I suoi occhi incontrano in fretta i miei. Inarca un sopracciglio e poi indica i mattoncini colorati che si ammassano fino a sfiorare il cielo scuro al di là degli schermi.

Ho ascoltato queste canzoni mentre corro, ma nulla è paragonabile al sentirle suonare dal vivo. Il mio cuore va alle stelle e capisco di far parte di qualcosa di speciale, anche se ci sono migliaia di persone a questo concerto. Non ho mai provato nulla di simile prima d'ora.

Il lento strimpellare della chitarra mi desta dai miei pensieri. Ed registra la prima traccia sonora di una canzone alla loop station. Ripete l'operazione diverse volte, cambiando il ritmo o aggiungendo qualcosa finché finalmente la canzone prende forma e lui fa un passo indietro, chiude gli occhi, concentrandosi per suonare in armonia con le tracce che ha appena creato davanti a noi. Quando raggiungere il microfono e pronuncia i primi versi di *Kiss Me*, urlo insieme a tutte le altre ragazze.

Sorridendomi, Gabe si alza e mi aiuta a fare lo stesso, così siamo uno di fronte all'altra. Il mio corpo si adatta al suo mentre un braccio forte mi stringe attorno alla vita e mi stabilizza contro di lui. L'altra mano è ancora intrecciata alla mia e i nostri visi sono a pochi centimetri l'uno dall'altro. Dondoliamo avanti e indietro, ballando come se la canzone fosse stata scritta per noi, conoscendo ogni parola. Lui mi sorride e io non mi preoccupo che siamo in mezzo a una marea di persone e che lo spazio a disposizione è troppo poco per ballare. Tutto ciò che è sbagliato non è importante e le uniche cose che mi premono sono quelle che ci uniscono.

Quando la canzone sfuma verso il finale, le labbra di Gabe si posano sulle mie e lui solleva le nostre mani intrecciate portandole in mezzo ai nostri cuori. Mi bacia e io sento le gambe tremare, il cuore che si dilata così tanto che è difficile respirare. Lascio andare la sua mano per potergli stringere le braccia attorno al collo e le sue mi stringono forte attorno alla vita, attirandomi così vicina che devo sollevarmi in punta di piedi. Mi lascia andare con un bacio sulla fronte quando comincia la canzone successiva.

Prego che il concerto non finisca mai perché non penso che la serata potrebbe andare meglio di così, ma quando più tardi mi ritrovo sul pickup con Gabe, seduta nel parcheggio buio vicino all'aeroporto, so che mi sbagliavo. È perfetto. Stavolta siamo seduti nell'abitacolo perché fuori fa freddino. La radio è accesa mentre ripercorriamo l'esibizione e guardiamo gli aeroplani decollare sopra di noi.

«Il miglior concerto del mondo!» urlo, anche se non ho nessun altro termine di paragone. Lui ride e mi stringe forte a sé sul sedile.

«Qual è stata la tua canzone preferita?»

«Non saprei proprio quale scegliere! Erano tutte fantastiche.» Ruoto il corpo verso di lui e vedo i suoi occhi scendere lungo le mie gambe nude. Mi sposto più vicina e poggio la testa sulla sua spalla. Fa scorrere una mano verso il mio ginocchio, il pollice che traccia dei piccoli cerchi all'interno della mia gamba.

Un aereo transita chiassoso sopra di noi, zittendoci. Poso la mano sulla sua. Quando l'aereo è passato, si volta verso di me e mi mette le mani attorno alla vita, attirandomi su di sé. Ci vuole un po' di assestamento, ma mi metto a cavalcioni, la gonna che si solleva abbastanza da permettere alle mie gambe di sistemarsi. Adoro la vista da quassù, i suoi occhi scintillanti che mi guardano e le sue labbra morbide in attesa di incontrare le mie.

«Everly, sei assolutamente bellissima stasera.» La sua voce è un rauco sussurro e lui mi sfiora piano le labbra con le sue. Sento le sue mani calde che dai fianchi scivolano un pochino più in basso, mi afferrano e mi attirano verso di lui.

Lascio ricadere la testa all'indietro mentre lui mi lascia una scia di baci lungo il collo, le sue mani che si chiudono a coppa sui miei seni. Muovo i fianchi e li ruoto, mi fa impazzire il basso gemito gutturale che gli sfugge mentre mi struscio contro di lui. Le mie mani lo tengono fermo, con le labbra sulla mia pelle, dirigendole dove lo desidero di più. Il formicolio del suo tocco mi fa perdere la testa.

«Everly» dice con un gemito. Cerco con tutta me stessa di concentrare gli occhi sul suo viso, sentendo le guance avvampare di desiderio.

«Gabe» rispondo con un sorriso allusivo, leggendogli in faccia quanto lo desideri… quanto ne abbia bisogno, come me. La sua lieve risatina riverbera per tutto il mio corpo, facendomi venire la pelle d'oca.

«Dimmi che sei pronta, voglio toccarti» sussurra. Mi guarda dritto negli occhi, per farmi sapere che non mi farà ulteriore pressione. Faccio scorrere la punta della lingua sul suo labbro inferiore e lo sento premere contro di me mentre mi attira ancora di più basso verso di lui. Chiude gli occhi mentre il piacere scorre tra di noi.

«Sono pronta.»

La sua mano destra lascia il mio fianco e scivola giù sulla gonna prima di sfiorarmi la coscia, scostando la stoffa morbida al suo passaggio. Quando sento il suo pollice sfiorarmi le mutandine espiro sonoramente, sollevando i fianchi in una silenziosa supplica perché lui soddisfi la bramosia che è cresciuta dentro di me.

I suoi occhi sono sul mio viso, a osservare le mie reazioni mentre mi tocca.

Mi sento potente sopra di lui. La sicurezza che ho perduto nell'ultimo mese ritorna grazie allo sguardo che gli leggo negli occhi e al bisogno che ha di toccarmi. *Sono* attraente. *Sono* desiderata. *Sono* necessaria. E a ogni tocco delle sue dita realizzo che non ho mai provato nulla di simile in vita mia. I miei occhi si aprono, fissano i suoi, gli esprimono le parole che non riesco a formulare. *Ti prego, non fermarti.*

Chiudo di nuovo gli occhi e mi abbandono, fidandomi ciecamente di lui. Respiro a fatica, il cuore mi batte furiosamente e so che può sentirlo, visto che il suo petto sfiora il mio. «Dio, sei incredibile» sussurra, baciandomi sulla testa e tenendomi stretta a sé.

Allungo una mano verso il bottone dei suoi jeans, ma lui mi ferma di colpo. Sono sorpresa. Mi allontano e apro gli occhi per poter vedere il suo viso. Lui mi sorride e scuote lentamente il capo. «Un passo alla volta, bellissima. Non voglio che tu ti penta di nulla.» Mi tiene stretta ancora un po' prima di riportarmi a casa, insistendo perché infili la sua felpa per non prendere freddo. La accetto subito volentieri. Non oso dirgli che me la terrò addosso anche per dormire, per sentire il suo calore e il suo profumo.

24

Non rimpiango nulla. Il mio corpo vibra di energia e non resisto a indossare la felpa di Gabe sopra i vestiti prima di uscire per la scuola. Alzo la musica a tutto volume mentre mi dirigo verso il campus, felice di poter immaginare Ed che canta ogni parola adesso che l'ho visto dal vivo.

Come previsto, Gabe è già davanti al mio armadietto, appoggiato a quello accanto con un sorriso timido sul volto. Ho voglia di baciarlo, ed è una sensazione talmente potente che sembra spazzare via ogni preoccupazione su cosa possano pensare gli altri. Mi fermo davanti a lui e lo guardo negli occhi. Che meraviglia, veder sbocciare il sorriso sul suo bellissimo volto.

«Qualche rimpianto, Everly?» mi chiede per scherzo, facendomi arrossire e sorridere ancora di più.

«Neanche uno» sussurro. Infilo alcuni libri nell'armadietto mentre lui mi aspetta. Alla fine chiudo lo sportello con una lieve spinta e inserisco la combinazione del lucchetto, poi mi volto di nuovo verso di lui. «Hai un secondo?» Gabe annuisce e mi segue lungo il corridoio fino alle scale che sono quasi sempre deserte. Gli rivolgo un sorriso allusivo.

Basta solo questo. Allunga una mano e mi attira a sé premendo le labbra sulle mie. Le mie mani si appiattiscono sul suo petto e mi godo l'ondata di adrenalina che mi scorre nelle vene. Adesso sono in punta di piedi, lasciando che la sua lingua si insinui nella mia bocca e sentendo il calore del suo corpo contro il mio.

Mi lascia andare e mi sembra quasi di ritornare sulla terra, anche se mi sono abbassata soltanto di qualche centimetro. Mi dà un ultimo casto bacio e poi fa un passo indietro così posso vedere il suo viso. «Presto avremo degli spettatori.» Sentiamo il rumore di passi pesanti che scendono le scale. «Pranziamo insieme?»

«Sì. Ci vediamo qui dopo la quarta ora.» I suoi occhi si sollevano sopra la mia spalla e capisco che è preoccupato che io diventi argomento di conversazione a scuola ancora più di quanto già non sia. Poso la mano sulla sua guancia e i suoi occhi incontrano i miei. Stavolta sono io a protendermi verso di lui e catturo le sue labbra con le mie. Lui in principio resta immobile, incerto su cosa fare, ma poi le sue mani trovano i miei fianchi e lo sento sorridere sulle mie labbra.

La giornata sembra trascinarsi stancamente, ma alla fine della quarta ora suona la campanella del pranzo. Mi dirigo verso gli armadietti, e arrivo per prima. Prendo il cestino del pranzo che ho preparato pensando a lui. Ci sono più biscotti che fonti di proteine e so che lui avrà portato due bibite energetiche, visto che di solito bevo metà della sua. Mi rendo conto che ci sono stati dei piccoli cambiamenti nelle nostre vite da *mio* e *tuo* a *nostro*. Il pranzo è nostro, questa felpa è nostra e le sedute del martedì sono nostre.

Quando Gabe gira l'angolo, capisco che qualcosa non va. Il suo viso è serio mentre digita qualcosa sul telefono. Lo osservo mentre si passa la mano dietro la nuca, come fa sempre quando è nervoso o preoccupato.

«Che succede?» gli chiedo quando si ferma accanto a me.

«Maggie è tutta la mattina che mi messaggia. Senza sosta, e sono preoccupato. Non riesco a contattare mamma e papà, sto cominciando a uscire di testa.» Gli passo il braccio dietro la schiena e sbircio sul suo telefono mentre manda un messaggio.

«Cosa dice?»

«È questo il problema. Scrive cose senza molto senso. Dice che ha bisogno di andare a correre e le ho detto di aspettarmi. Non credo che dovrebbe andare da sola. Adesso è in un negozio di articoli sportivi a comprarsi dei nuovi indumenti da corsa. I miei le hanno concesso di nuovo l'uso del conto corrente, ma temo che possa esagerare.»

Lo guardo negli occhi stanchi e leggo la paura che comincia a crescere dentro di lui. «Forse dovresti andare a casa a vedere come sta. Ha continuato a prendere le medicine?»

Lui scuote la testa e dà una lieve alzata di spalle. «Non lo so.» Infila il telefono nella tasca posteriore, ma la preoccupazione sul suo viso resta.

I ragazzi intorno a noi se ne stanno andando, lasciandoci nel corridoio quasi deserto. «Cosa posso fare per aiutarti?» gli domando, sentendomi del tutto impotente.

«Nessuno può fare niente. Deve essere abbastanza in salute per decidere di restare tale. Anche se tutti noi lottiamo per lei, non possiamo fare nulla se non è lei la prima a voler lottare per se stessa.» Adesso le mie braccia sono intorno a lui, la sua testa posata sulla mia spalla. Lo sostengo come lui ha fatto con me quella prima volta.

Sento che fa respiri profondi, cercando di restare calmo, anche se entrambi sappiamo che il suo mondo sta cominciando a vorticare vertiginosamente. «Vai a casa, Gabe. Va' da lei. Potrebbe avere bisogno di te.»

«Ho paura.» La sua voce è a malapena un sussurro e il tono con cui pronuncia quelle parole mi fa venire la pelle d'oca. Chiudo gli occhi e lo tengo stretto, cercando di esprimergli che non lo lascerò andare finché non sarà pronto. Annuisco contro la sua guancia.

«Posso venire con te.»

«Dovrei farlo da solo. Sarà sempre mia sorella, per il resto della vita. Devo superare la paura che la sua malattia stia avendo il sopravvento e che la troverò morta.» Mi sfugge un profondo sospiro. Non riesco a immaginare di temere che una cosa simile possa accadere a Rosie.

«Mandami un messaggio. Voglio sapere che state tutti e due bene.» Lo tengo stretto ancora per qualche istante e poi lui si allontana, la sua maschera di presunta calma è di nuovo a posto.

«Grazie. Ti messaggio appena posso.» Lo accompagno al cancello dei visitatori e lo osservo sgusciare attraverso le sbarre per poi dirigersi al parcheggio. Ho un nodo allo stomaco e il mio cuore soffre per lui.

Quando il consiglio studentesco viene chiamato all'ordine dopo pranzo, ho quasi prosciugato la batteria del telefono, a forza di riaggiornare continuamente lo schermo in attesa di eventuali messaggi di Gabe. Viene organizzato un altro raduno per questo venerdì, per ricordare agli studenti la sfilata che avrà luogo il lunedì precedente al ballo. Il rappresentante dell'ultimo anno propone di metterci tutti in tiro al raduno, per entusiasmare gli altri studenti in previsione della serata. Annuisco e scrivo tutto sull'agenda delle attività.

Non andrei mai a comprare un vestito per un raduno che durerà soltanto mezz'ora, ma so che Rosie ha un bellissimo abito che si è comprata l'anno scorso e che ora non le va più. È stata una tragedia, a suo tempo, ma adesso ho uno splendido abito di riserva pronto per un'occasione come questa.

Tiro fuori il telefono dalla tasca e cerco di controllarlo di nascosto sotto il tavolo. Trattengo il respiro quando compare un messaggio.

GABE: Qualcosa non va. Non so cosa fare. I miei non rispondono ai messaggi.

Sento una morsa allo stomaco e il mio cuore accelera. Mi tremano le dita mentre digito la risposta.

IO: Che c'è? Cos'è successo?

GABE: Si comporta come una pazza. Oggi ha pulito tutta la casa e adesso insiste che deve andare a correre per scaricare le energie. Non riesco a trattenerla.

Sento le voci nella stanza attorno a me, ma il mio mondo si sta restringendo, chiudendosi su di me mentre tutto quello che mi preme è tendere un'ancora di salvezza a Gabe. Mi sento impotente e spaventatissima per lui.

IO: Cosa posso fare?

GABE: E io? CAZZO, non si ferma un attimo. Non riesco a capirla. Continua a blaterare a vanvera.

IO: Ti raggiungo. Arrivo tra qualche minuto.

Attendo la sua risposta, ma non arriva. Alla fine sollevo la testa e scopro che la riunione è finita e tutti si stanno apprestando a cominciare le attività assegnate. Si gonfiano palloncini e l'odore pungente dei pennarelli riempie la stanza mentre viene srotolata la carta per preparare striscioni e poster.

Afferro la borsa e vi infilo tutta la mia roba. Mi guardo attorno ma non vedo la prof Cramier, per cui mi sistemo la tracolla in spalla e comunico distrattamente alla responsabile delle attività sportive che ho bisogno di andare in ufficio a prendere qualcosa. Lei annuisce e mi fa cenno di andare, troppo presa a chiacchierare di quale vestito indosserà venerdì per notare che non c'è assolutamente nulla che mi possa servire in ufficio in questo momento.

Il cancello dei visitatori è chiuso a chiave, naturalmente, ma non c'è nessuno in giro mentre tento di ricordare la combinazione. Ho osservato Gabe e tiro un sospiro di sollievo quando il lucchetto si apre. Chiudo il cancello e rimetto il lucchetto, poi vado verso la mia macchina. Una volta a bordo, chiamo la mamma. Quando risponde, la sento dire arrivederci a un paziente.

«Everly? Va tutto bene?» Sembra preoccupata e io deglutisco per mandar giù la paura che sta cominciando a provocarmi un travaso di bile.

«Non lo so. Io sto bene, ma Gabe oggi è andato via da scuola perché sua sorella si comportava in modo strano.» La mamma sa che lui ha una sorella, ma non le ho raccontato altro perché mi sembrava di tradire la sua fiducia.

«Cosa intendi per "strano"?» È calmissima, e questo è in totale contrasto con il cuore che mi batte all'impazzata e il vortice di pensieri che mi affollano la mente.

«È bipolare e non è molto brava nel gestire i farmaci. Gabe ha ricevuto degli SMS allarmanti da lei e non riusciva a contattare i genitori, così è andato a casa per assicurarsi che fosse tutto okay.» Stringo forte il volante, anche se sono ancora ferma nel parcheggio.

«Ha fatto la cosa giusta. Può essere una situazione molto difficile. Non ha ancora avuto notizie dai genitori?»

«No. Cosa dovremmo fare? Sono uscita da scuola e sono in macchina. Voglio aiutarlo, ma non so come.» Sento le lacrime pizzicarmi gli occhi, ma mi impongo di rilassarmi adesso che c'è mia madre a darmi una mano.

«Dammi il numero di Gabe. Lo chiamerò e mi farò dare il numero dei suoi genitori. Lui può concentrarsi su sua sorella e io mi preoccuperò di cercare di contattarli. Non c'è molto che tu possa fare, tesoro. Magari essere presente per lui. Ricordati che potete chiamare il 911 in caso di necessità, ma probabilmente è meglio se riuscite a convincerla ad andare dal suo psichiatra o in ospedale. Stai tranquilla, tesoro, andrà tutto bene.»

Annuisco, anche se lei non mi può vedere, e allontano il telefono dall'orecchio per cercare il numero di Gabe in rubrica. Glielo mando e poi mando un rapido messaggio a Gabe.

IO: Ho chiamato mia madre. Scusa. È un medico e non sapevo che altro fare.

GABE: Grz! Corro.

Fisso il messaggio, un po' confusa, finché non capisco che sta correndo con Maggie. È ovvio che non voglia lasciarla da sola in questo momento. Giro la chiave nell'accensione, determinata a raggiungerlo. Vado a casa mia e corro di sopra, a cambiarmi più in fretta che posso. Mentre mi allaccio le scarpe, controllo i messaggi ma non è arrivato nulla. Il telefono comincia squillare e il nome della mamma compare sul display.

«Hai avuto fortuna?» Mi alzo in fretta e corro giù dalle scale, poi fuori sino alla mia macchina.

«No. Sto ancora cercando di contattare i genitori di Gabe. Mi ha detto che lui e Maggie sono vicini all'incrocio tra Anza e Sepulveda. Gli ho detto che ti avrei mandato a prenderli. Guida con prudenza.»

«Sarò lì in un paio di minuti. Grazie, mamma.» Lascio il telefono sul sedile del passeggero ed esco dal vialetto, guidando in fretta verso il luogo dell'incontro. Li vedo mentre girano l'angolo e mi fermo lentamente accanto a loro. Sono sudati e hanno il respiro pesante. Riesco a vedere la paura e la preoccupazione sul viso di Gabe, e lui scuote la testa lentamente, sconfitto.

«Ciao, Maggie!» urlo dal finestrino con un sorriso. Sorride anche lei e agita una mano per salutarmi. «Posso darti un passaggio?» È un azzardo, ma sono disposta a provare qualunque cosa.

«Non mi serve un passaggio. Non è una bellissima giornata? Sono uscita per sentire il calore del sole di Dio e sentire Lui sulla pelle. È grandioso essere così vicina a Lui e a tutto ciò che ha creato. Vieni con noi!» Mi fa cenno di scendere dalla macchina.

«Fa troppo caldo per correre! Perché non saltate su e non torniamo a casa vostra a sederci sotto il portico?» Ma non ho neanche finito la frase che lei sta già scuotendo la testa.

«Non oggi, Everly! Ma non lo senti?» Piega la testa indietro e getta in fuori le braccia, quasi come se fosse un credente la domenica mattina. Osservo Gabe fare dei brevi respiri. È spompato e incespica un pochino quando Maggie attraversa l'incrocio di corsa senza neanche guardare il traffico. Posteggio e salto giù dalla macchina, li raggiungo e lancio le mie chiavi a Gabe.

«Vai a cercare i tuoi genitori» sussurro, ma il volume non fa differenza perché non penso che Maggie ci abbia sentito. Sta correndo come se avesse appena cominciato, solo i vestiti zuppi danno un'idea dello sforzo fisico del suo corpo. Gabe annuisce e poi si ferma, appoggiando le mani sulle ginocchia e piegandosi, respirando a fatica. Lo guardo da sopra la spalla. Si tira su e si volta, gettando un pugno in aria per la frustrazione prima di gridare oscenità e collassare di nuovo in avanti. Sento il suo dolore nella parte più profonda di me.

Prendo l'elastico che ho al polso e mi lego i capelli. Maggie si volta a guardarmi, un sorriso le attraversa il volto.

«Sì! Hai deciso di venire con me. Non è fantastico? Adoro questa sensazione.» Sembra rimbalzare sull'asfalto, e io le sorrido, risparmiando il fiato per la corsa che mi attende.

Corro accanto a lei, sentendo il calore del sole forte sul viso. Il sudore mi cola dall'attaccatura dei capelli e giù lungo la schiena, inzuppando la maglietta e il retro dei calzoncini. Mantengo il respiro costante, lasciando che i piedi battano sul cemento al passo con lei. Stringo il telefono in mano, pregando che Gabe contatti i genitori prima che io esaurisca le energie, o mi si spenga il telefono e io perda ogni possibilità di comunicare con gli adulti che stanno cercando di aiutarci. Corriamo per quella che sembra un'eternità… i marciapiedi, poco prima affollati di studenti in uscita da scuola, adesso sono semideserti. Il traffico aumenta, facendomi sapere che la gente sta uscendo dal lavoro per dirigersi a casa. Noi continuiamo a correre.

La vibrazione, quando arriva, quasi passa inosservata nella mano gonfia e sudata. Il mio corpo non è abituato a correre con questo caldo e riesco a percepire il cambiamento nei miei arti, che cominciano a protestare per lo sforzo fisico. Guardo il telefono, sentendo una goccia di sudore scivolare lungo il mio viso prima di cadere sul display.

GABE: Dove siete? Mia madre mi ha detto di passarla a prendere e stiamo uscendo da casa nostra in questo momento.

Non c'è modo di rispondere senza cadere, così tengo in alto il telefono e scatto una foto della strada davanti a me. Spero solo che riconosca la posizione. Gliela mando e stringo di nuovo forte il telefono, attenta a non perdere il ritmo dietro a Maggie. È smarrita nei propri pensieri mentre superiamo di corsa un enorme condominio. È bellissima, anche con i capelli appiccicati al viso, le guance arrossate per il sole e lo sforzo fisico. Le sue labbra sono curve in un sorriso di cui ignoro il motivo, e capisco quanto deve essere difficile volerle bene e cercare di convincerla che sentirsi in cima al mondo non sempre è salutare.

Non ci fermiamo nemmeno quando noto in lei i primi cenni di affaticamento. Io sono già stanca, ma devo resistere per Gabe e mi rifiuto di deluderlo. Non so cosa la spinga a continuare a correre nonostante il morso dei nostri muscoli indolenziti e l'impatto doloroso delle scarpe contro i piedi gonfi. Corriamo e corriamo, e so che mentre io corro lei vola. Non è qui con me in questo momento, i suoi pensieri la elevano in un posto che non potrei mai raggiungere senza l'aiuto di sostanze chimiche. Che esperienza prodigiosa e devastante sarebbe mettersi nei suoi panni.

Sento il ruggito familiare del pickup di Gabe prima di vederlo spuntare da una traversa davanti a noi. Si ferma quando solo il cofano è visibile da dietro l'edificio sull'angolo. Quando scende dal mezzo, ha gli stessi vestiti di prima, la stoffa appiccicata alla pelle bagnata. Mi viene quasi da piangere... sono talmente grata di vedere il traguardo di questa corsa inarrestabile. Mi preoccupo che lui non riesca a fermarla, ma poi una donna che può essere soltanto la loro madre esce allo scoperto e vedo Maggie rallentare, finendo dietro di me mentre ci avviciniamo a loro.

La donna, che assomiglia moltissimo alla figlia, si asciuga in fretta le lacrime e fa cenno a Maggie di avvicinarsi. Io rallento e cammino accanto a lei, nella speranza che sia finita una volta per tutte.

«Maggie, dobbiamo andare.» La voce della loro madre è dolce ma insistente. Maggie inclina la testa di lato e si asciuga il sudore prima che possa colarle negli occhi.

«Io non vengo. Non c'è niente di male. È solo un po' di esercizio. I dottori dicono che fa bene.» Adesso si è fermata e io attendo con lei a qualche metro da Gabe e dalla loro madre. Mi sento un'intrusa che non dovrebbe assistere a questo momento difficile tra loro. La signora Darcy scuote la testa e ripete lo stesso gesto per invitare la figlia ad andare con lei.

«Maggie, dobbiamo andare» ribadisce, e adesso il mio cuore è sospeso nello spazio tra noi. Se si mette a correre o si rifiuta, andrà in mille pezzi. Non posso vedere Gabe soffrire in questo modo. Il suo viso sembra talmente addolorato, gli occhi rossi e gonfi.

«Mi manderanno a casa, mamma. Sto bene.» Ma non sembra affatto che stia bene. Sembra confusa e poco convincente. Sua madre apre le braccia un po' di più.

Maggie fa qualche passo incerto nella sua direzione. Quello che accade dopo disintegra una piccola parte di me. Si accascia, le gambe si piegano, le braccia strette attorno alla vita. Singhiozza e comincia a dondolarsi avanti indietro. Vado verso di lei per abbracciarla senza aver modo di pensare se sia giusto o sbagliato. Lei cantilena sottovoce: «Non voglio andare. Non voglio andare», ancora e ancora, a macchinetta, finché non sento anch'io le lacrime scorrere calde lungo le guance. Una mano delicata si posa sulla mia schiena per confortarmi e io mi stacco da Maggie, lasciando che sia sua madre ad aiutarla a rimettersi in piedi. «Coraggio, tesoro» le dice con affetto. Camminiamo in silenzio sino al pickup di Gabe e io mi siedo davanti, accanto a lui, mentre Maggie siede dietro abbracciata alla madre. Non chiedo dove stiamo andando perché lo so già. Prendiamo la stradina posteriore dietro l'enorme ospedale e giriamo attorno a una strada privata, fermandoci all'ingresso del padiglione psichiatrico.

Un uomo alto con i capelli scuri come quelli di Gabe aspetta seduto sulla panchina lì davanti, insieme a due uomini in abiti ospedalieri. Tutti e tre ci sorridono mentre ci fermiamo, e io capisco immediatamente che l'uomo nel mezzo deve essere il padre di Gabe. Aiuta Maggie e la madre a scendere. Poi mi apre la portiera mentre Gabe spegne il motore e scende dal pickup. Restiamo lì fermi per qualche istante, tutti consapevoli di ciò che sta per accadere ma nessuno realmente pronto ad assistervi.

«Mi dispiace» dice Maggie, protendendosi in avanti per abbracciare Gabe. Lui chiude gli occhi mentre la stringe tra le braccia, e io darei qualunque cosa per sapere a cosa sta pensando. La solleva da terra e la fa girare in cerchio prima di rimetterla giù.

«Lo supereremo. Un giorno lo supereremo del tutto.» Sento che ha la voce rotta mentre si ritrae, lasciando che lei si asciughi le lacrime dal viso.

Maggie dopo viene da me e mi stringe forte. «Grazie per aver corso insieme a me.» Ride debolmente attraverso le lacrime e io faccio lo stesso, in imbarazzo a piangere davanti a così tanta gente che non conosco. Annuisco e faccio un passo indietro. Maggie si volta e si dirige verso le porte d'ingresso dell'edificio. Gli uomini in divisa camminano tranquillamente accanto a lei e sono grata che stia andando tutto liscio.

La madre di Gabe mi coglie alla sprovvista, abbracciandomi anche se sono sudata e lei è tutta in tiro perché è venuta dritta dal lavoro. «Non so come ringraziare te e tua madre. Ho il terrore di pensare a quello che sarebbe potuto succedere oggi se Gabe non ti avesse avuta accanto.» Mi lascia andare lentamente, tenendomi per i polsi per un secondo prima che il marito le cinga le spalle con un braccio.

«Grazie» dice poi. Io sorrido e annuisco. Lui guarda Gabe. «Dovremo restare qui per un po' per riuscire a parlare con il dottore e assicurarci che Maggie si sia sistemata. Vai pure a casa. Ti chiameremo non appena sapremo qualcosa.»

Restiamo dove siamo finché i suoi genitori non scompaiono dietro le porte in fondo al corridoio. Queste si chiudono con un tonfo sonoro, a sottolineare la separazione del mondo di Maggie dal nostro. Senza dire una parola, saliamo in auto e torniamo a casa sua, dove è rimasta la mia macchina.

Gabe si ferma lì davanti, ma non scende subito. Invece si volta e mi dice: «Resta con me».

25

Dopo aver mandato un rapido messaggio alla mamma per dirle cos'è successo, lo seguo in casa. Le mie gambe sono deboli per lo sforzo cui le ho sottoposte per stare al passo con Maggie... Non ho mai corso così tanto in vita mia. Gabe indossa ancora gli abiti sportivi e vedo il contrasto scuro della stoffa nei punti in cui è inzuppata di sudore. Mi passa una mano tra i capelli, sentendo quanto sono ingarbugliate le ciocche bagnate.

Mi conduce lungo il corridoio sino in camera sua e nel bagno adiacente. Si volta verso di me e la dolorosa lotta emotiva che ha combattuto oggi gli si legge negli occhi, ma noi restiamo ancora in silenzio. Questa giornata è stata traumatica per tutti. Si sfila le scarpe, e io lo imito, scalciando di lato le mie mentre i nostri occhi si incontrano. Nonostante il peso della giornata sul viso, è ancora incredibilmente attraente.

Non ho azzardato un'occhiata nello specchio, ma so che devo avere un aspetto orribile. Sento i vestiti appiccicati addosso. Il mio viso è ancora arrossato per lo sforzo e sono sicura che sembra provato almeno quanto il suo. Pur sapendo ciò, allungo lentamente le mani, posandole sui suoi fianchi ed esitando prima di attirarlo verso di me. Lui non fa resistenza, permettendo ai suoi piedi di accorciare la distanza e al mio naso di sfiorare il suo.

Questo bacio sembra diverso da tutti gli altri che ci siamo dati finora. È come miele caldo, dolce e denso, che scorre dal punto di incontro delle nostre labbra. La sua lingua danza con la mia, un movimento delicato che sembra dimostrare unione e amore. Naturalmente non può essere, giusto? Non ci conosciamo da abbastanza tempo per essere innamorati. Il brivido di ripercorrere quella strada è stato così divertente e puro, ma il pensiero di arrivare davvero nel luogo in cui donerò di nuovo il mio cuore a qualcuno è terrificante. Gabe si ritrae e mi guarda di nuovo negli occhi: capisco che è quello che prova anche lui.

Mi lascia andare per un secondo e allunga una mano dentro la doccia, gira i rubinetti finché il vapore non comincia a sprigionarsi sopra le porte di vetro. Non ci siamo detti una parola da quando siamo entrati in casa, ma mi sento estremamente legata a lui. Forse sono le nostre anime a parlare in un qualche modo che non conosciamo, o il fatto che abbiamo affrontato una cosa talmente spaventosa che non ci sono parole per poter esprimere meglio ciò che riusciamo a leggere ciascuno nel viso dell'altra.

Il bagno si riempie di vapore e lui entra nella doccia completamente vestito, allungando una mano per invitarmi all'interno con lui. L'acqua scroscia sulla sua testa e scivola sui suoi occhi chiusi, formando splendidi rivoli sul suo viso. Apre gli occhi e noto quanto sono arrossati, un promemoria del fatto che ha pianto. Il cuore mi si serra nel petto e allungo una mano per accarezzargli il viso, bisognosa di tranquillizzarlo. Sento i miei stessi occhi riempirsi di lacrime mentre gli sfioro delicatamente la guancia con il pollice, nel disperato tentativo di cancellare il suo dolore.

Le sue mani sono sui miei fianchi, adesso sono io sotto il getto caldo. Mi toglie l'elastico dai capelli e poi vi scorre le dita per districarli, permettendo all'acqua di cancellare il sudore. Chiudo gli occhi e piego la testa indietro, in attesa che l'acqua sciacqui via il ricordo della paura e della disperazione che ho provato mentre correvo insieme a Maggie. Le mani di Gabe lasciano la mia pelle e io sollevo la testa, aprendo gli occhi per vedere dove sono finite, sentendo già la loro mancanza. Quello che scopro è Gabe che studia lentamente la mia figura, osservando l'acqua che mi copre i vestiti e li fa aderire al mio corpo.

Il mio respiro cambia per lo sguardo che gli leggo negli occhi, e anche i suoi respiri ansanti tradiscono il rapido battito del suo cuore e il desiderio crescente. I suoi occhi sono caldi e predatori quando incontrano i miei. Non mi sono mai sentita tanto desiderata come in questo momento. Restiamo lì, in mezzo al vapore e agli spruzzi d'acqua calda, chiusi in un mondo tutto nostro. Lui sembra trattenersi, invece ogni mia molecola smania per toccarlo e dargli il conforto necessario per scacciare il dolore.

«Non sarebbe dovuta andare così» sussurra, e io sto già scuotendo il capo. Mi fa piacere che desideri che la nostra prima volta sia perfetta, ma ovunque succeda non cambierà il fatto che era scritto che doveva accadere.

«Forse invece era proprio così che doveva andare.» Gli sorrido. «Abbiamo visto entrambi le cicatrici dell'altro, siamo stati entrambi presenti quando il momento lo richiedeva. Non credo che siano necessari fiori e candele. Per noi deve solo essere reale.» Lui esita, lasciando vagare di nuovo lo sguardo sulle mie curve. Faccio un passo avanti verso di lui, lasciando il getto d'acqua e premendo il mio corpo morbido contro la solidità del suo. Chiudo gli occhi e mi strizzo i capelli, poi li scosto sopra la spalla.

Le sue mani scivolano sotto l'orlo della mia maglietta mentre la sua bocca mi sfiora la pelle delicata sotto la mascella. Ho la pelle d'oca mentre mi solleva la maglietta sopra la testa. Allontana le labbra quel tanto per sfilarla e poi eccole di nuovo, a percorrere la mia spalla mentre mi spoglia teneramente.

L'acqua permette alle sue mani di scivolare su di me in modo adorante, stuzzicando ogni terminazione nervosa mentre esplora la mia pelle esposta. Riesco a sentire il lieve graffio della sua mascella mentre mi succhia il collo, sapendo perfettamente come far battere il mio cuore solo per lui. L'aria mi sfugge dai polmoni in un sospiro strozzato e mi viene il capogiro mentre il desiderio inonda la mia anima.

Gli sfilo la maglietta e poi lascio scorrere le mani sulla sua pelle nuda e umida. È caldo e io faccio scivolare i palmi giù lungo il collo e le spalle prima di portarli sui pettorali e farli scendere lungo gli addominali. Quando le mie dita scivolano sotto l'elastico dei calzoncini, la sua bocca si ferma sul mio collo e lui mi guarda negli occhi. Riesco a vedere così tante emozioni riflesse per me, e nessuna potrebbe essere espressa efficacemente a parole come lo è con uno sguardo.

Il mio corpo è accaldato, una rovente ondata che mi arrossa la pelle mentre ascolto il suo respiro. Mi sento ubriaca di lui. Il mondo attorno a noi è confuso e non mi sembra di avvicinarmi abbastanza. Riesco a vedere il leggero rossore sulle sue guance, i suoi occhi che fissano i miei con le palpebre calate. L'acqua sta diventando più fredda adesso che mi colpisce la parte bassa della schiena, facendo sembrare le sue mani calde quando mi tocca.

«Sei mia.» La sua voce è aspra e mi vibra nel petto mentre mi cinge con un braccio. Mi attira a sé, ma io lo sto già abbracciando. Si è portato addosso il peso del mondo per un po', ma adesso ha me e io non lo lascerò andare.

«Gabe.» Il suo nome mi scivola dalle labbra, una dolce supplica in modo che capisca che sono qui per lui. Forse non è il capitolo perfetto di una favola, ma è perfetto per noi.

Sto respirando nel suo respiro e lui sta respirando nel mio, rendendo questa unione ancor più profonda di quanto non sia mai stata. Si ritrae leggermente per potermi guardare il viso.

Riesco a vedere così tante cose nei suoi bellissimi occhi, quanto mi desidera, quanto ha bisogno di me e quanto questo gesto di tenerezza è riuscito a scacciare il dolore di prima.

I suoi occhi scendono sulle mie labbra un secondo prima che mi baci. Sento il cuore accelerare e premere quasi dolorosamente contro la cassa toracica. Condividere questo con qualcuno è un passo enorme, ma so che qualunque cosa ne scaturirà tra lui e me, non sono mai stata tanto sicura di voler donare il mio cuore a qualcuno.

26

La straordinaria sensazione di fluttuare ci tiene ancorati l'una nelle braccia dell'altro finché i nostri respiri non tornano alla normalità. Aspetto che Gabe si allontani da me, come faceva sempre Brady, ma lui non lo fa. Accorcia la distanza tra le nostre labbra e mi bacia a lungo e dolcemente, la sua lingua che incontra delicatamente la mia, le nostre labbra, leggermente gonfie, che si stuzzicano. Lentamente mi abbassa la gamba, ma non fa alcun movimento per separarci.

Quando alla fine allontana il viso dal mio, i suoi occhi in un certo senso sembrano diversi. Riesco ancora a vedere il loro rossore, ma la sofferenza sembra attenuata per il momento, sostituita dall'adorazione. La sua mano mi accarezza la guancia, le sue dita si muovono tra i capelli mentre mi sfiora con il pollice. Riesco ancora a sentire l'acqua che scorre in sottofondo, ma mi sembra un particolare talmente insignificante rispetto al rumore del suo respiro.

Avvicina la bocca alla mia per un altro bacio sconvolgente prima di allontanarsi e tirarmi sotto il getto d'acqua. Esce dalla doccia per un secondo e ritorna dopo essersi sbarazzato del preservativo. L'acqua è quasi fredda ormai e ci insaponiamo a vicenda e ci sciacquiamo prima di uscire e prendere gli asciugamani. Il vapore non si è affatto dissolto quando torniamo nella sua stanza.

Mi lancia un paio di boxer e una maglietta e poi si infila un paio di calzoncini. Il misterioso silenzio della casa mi ricorda del serio motivo per cui siamo qui da soli. Lui apre la porta della camera e accende la luce nel corridoio. Gliene sono grata: d'un tratto sembrava che fossimo avvolti dal buio, che porta con sé la cupezza emotiva del pomeriggio. Mi raggiunge e sento il groppo in gola tornare quando i suoi occhi tristi incontrano i miei.

«Resti ancora un po'con me?»

Ci infiliamo a letto e lui si sistema il cuscino sotto la testa, stendendo un braccio accanto a sé in modo che possa sdraiarmi sul suo petto. Chiudo gli occhi quando la mia guancia si posa sulla sua pelle calda. Riesco a sentire il suo cuore che batte mentre mi stringe con un braccio, attirandomi il più vicino possibile. La sua mano libera scorre sulla mia fronte, scostandomi i capelli indietro e domandoli finché le sue dita non ne catturano le punte. Le attorciglia con le dita.

«Per quanto tempo dovrà restare lì?» chiedo sottovoce. La mia testa si solleva con il suo petto mentre lui inspira profondamente.

«Dipende.» Penso che probabilmente questa sarà l'unica risposta che riceverò, ma qualche secondo dopo lui continua: «È una minaccia per se stessa e per gli altri, come prima, quindi penso che resterà lì quel tanto per riequilibrare il dosaggio dei farmaci e assicurarci che sia stabile».

Annuisco contro il suo petto. Le sue dita, che ancora giocano con i miei capelli, si fermano per un istante.

«Posso farti una domanda?»

«Certo. Puoi chiedermi qualunque cosa.»

«Che cosa scrivi su quel foglio che tieni sempre infilato nei libri?»

Mi incuriosisce la virata della nostra conversazione, ma immagino che voglia cambiare discorso in questo momento.

«I compiti che mi assegna la mia terapista. A volte mi fa tenere un resoconto dei miei pensieri negativi e mi chiede di sostituirli con pensieri più utili.» Porto la mano sul suo petto e con le dita disegno distrattamente dei cerchi sulla sua pelle. «Abbiamo lavorato sulla mia "scala della paura".» La sua mano riprende ad attorcigliarmi i capelli.

«E cosa sarebbe?» La sua mano sulla mia schiena si distende, il calore rapidamente penetra dentro di me dandomi conforto.

«È una successione, come una scala, di tutti i momenti che mi terrorizzano fino a quello peggiore. Ho dovuto scegliere la mia paura più grande e procedere a ritroso.» Mi chiedo se la riterrà una cosa stupida. Non ho parlato con nessun altro di questo compito perché mi sembrava una cosa troppo intima da condividere.

«Mi dirai quali sono le tue paure?» Mi posa un bacio in cima alla testa.

«Adesso mi sento un po' stupida. Alcune non mi sembrano più così spaventose. È come se ognuna sia un gradino verso una conclusione e un nuovo inizio. Vediamo, dovrei iniziare dal gradino più basso o da quello più alto?» Li ho memorizzati. Lo sento fare spallucce sotto di me e poso di nuovo il palmo piatto sul suo torace. «Comincerò dal fondo e procederò a salire. Ti prego di tenere a mente che i gradini possono sembrare ridicoli per te, ma nel momento in cui li ho scritti era più doloroso il pensiero di ciò che sarebbe potuto accadere piuttosto che la paura in sé. Ero terrorizzata di vivere quei momenti perché sapevo che mi avrebbero fatto soffrire e non c'era modo di prepararmi ad affrontarli.»

«Non potresti mai essere ridicola.» Il suo tono è serio, e lo apprezzo. Annuisco e mi stringo a lui, spostando il viso leggermente più vicino al suo collo.

«L'invito al ballo, che porterà a un'imbarazzante esperienza di foto in famiglia, scatti sdolcinati che avevo sempre immaginato di fare insieme a Brady.» Scuoto la testa un pochino e lui mi tira una ciocca di capelli, il che mi fa ridere.

«Continua.»

Faccio un respiro profondo. «Dovrò ballare un lento con qualcun altro. So che sembra stupido, ma ho sognato la fine perfetta del mio ultimo anno di liceo, ed era insieme a Brady. Se ballo con qualcun altro allora ecco fatto, la serata scivolerà via e sarà perduta per sempre per noi. E questo porta alla mia più grande paura. Temevo quanto sarebbe stato doloroso lasciare il ballo senza di lui.» Gli rivolgo un lieve sorriso. «Ma chissà perché non mi sembra più una scala della paura, solo un percorso necessario per liberarmi di quei sogni infantili.»

Io e lui non abbiamo parlato seriamente del ballo. Abbiamo riso degli inviti più strani e adesso sa della paura che avevo accumulato al pensiero di non andarci con Brady, ma non sa che ci ho pensato in un modo del tutto diverso ultimamente. La sera, prima di addormentarmi, penso a come sarebbe andarci con Gabe. Mi chiedo come sarebbe se *lui* mi invitasse. Ricordo il patto che ho fatto con Laura, che lo avrei chiesto a qualcuno io stessa se non avessi ricevuto un invito a breve, ma stasera non mi sembra il momento giusto.

C'è un tale silenzio che riesco a sentire il battito del mio cuore. Mi chiedo se le mie parole lo hanno ferito. Abbiamo appena fatto sesso e so che mi sto innamorando perdutamente e alla svelta di lui, ma non so cosa provi lui per me in questo momento, o cosa penserà sentendomi parlare di qualcun altro. «Scusami» dico in fretta. La sua mano mi scivola sotto il mento e mi costringe a sollevare il viso, per baciarmi castamente sulle labbra.

«Ti ho fatto una domanda e tu hai risposto sinceramente. Non mi aspetto che lo cancelli dalla memoria. Siete stati insieme per tanto tempo, so che hai dei ricordi di questa storia. Non spero di prendere il suo posto... sono troppo egoista per quello. Voglio un posto tutto mio nella tua vita.» Sorride di un sorriso delizioso e poi mi bacia prima di poggiare di nuovo la testa sul cuscino e riprendere a giocherellare con le punte dei miei capelli.

«Posso fartela *io* una domanda?» Sposto la guancia sul suo petto finché non ritrovo una posizione comoda, felice di distogliere lo sguardo mentre la faccio.

«Certo.»

«Cosa c'è scritto sul taccuino che ti porti sempre dietro alle sedute?»

«Sei sicura di volerlo sapere? Poi non potrai cancellare la risposta.» Annuisco senza esitazione. Voglio sapere tutto di lui, tutto quello che è disposto a condividere con me. Si attorciglia una ciocca dei miei capelli attorno alle dita.

«Sto cercando di scrivere una risposta alla lettera di suicidio di Maggie.» Queste parole mi trafiggono il cuore e mi si serra la gola.

«Perché lo stai facendo?» Faccio scivolare la mano sul suo petto, voglio che sappia quanto mi sta a cuore il percorso che ha intrapreso.

«Il mio terapista ha pensato che potrebbe essere utile.» La sua risposta è sincera e neutrale e il suo corpo rimane rilassato.

«E funziona?»

Ancora una volta sento che fa spallucce sotto di me. «Non l'ho finita. Continuo a rimbalzare tra la rabbia nei suoi confronti e la paura e il dolore. L'ironia della cosa è che la lettera sembra oscillare da uno stato d'animo all'altro, proprio come la sua malattia. Il mio terapista ha detto che spetta a me e ai suoi dottori decidere se darle o no la lettera finita, ma dar voce ai miei pensieri dovrebbe aiutarmi a capire ciò che provo.» Ha la voce rotta e io lo stringo forte tra le braccia.

Lo osservo inspirare a fondo per poi espirare, come faccio io quando cerco di mantenere il controllo delle emozioni. «Sono terrorizzato. Ho paura che si ucciderà. Ho paura di essere di nuovo io a trovarla.» Lo spasmo nel suo petto mi dice che sta perdendo la battaglia. Sento le lacrime scaldarmi le guance e scivolare sul suo petto, ma non dico nulla, so che ha bisogno di sfogarsi con qualcuno.

«Accidenti» dice, più a se stesso che a me. «Ho il terrore che *non* si uccida… e che vivrà il resto della sua vita soffrendo per farci tutti felici. Ho il terrore di *non* essere io a trovarla… magari lo farà mia madre e non riuscirà a farsene una ragione.» Mi si spezza il cuore per lui. «Sono terrorizzato da tutto, cazzo.» Tira su col caso e la sua mano lascia i miei capelli per asciugarsi le lacrime che non è riuscito a trattenere. Mi stringo a lui, baciandolo sulla fronte. Lo abbraccio forte, entrambi siamo sdraiati su un fianco, il suo viso premuto sul mio petto mentre le sue braccia mi cingono la vita.

«Va tutto bene» sussurro. «Forse vivrai di nuovo momenti terribili e spaventosi, ma adesso lei è al sicuro, Gabe, e questo significa che c'è una possibilità che i medici riescano finalmente a comunicare con lei. Magari sarà la volta buona che li ascolterà. Magari sarà la volta buona che deciderà di voler stare bene. » Gli passo la mano delicatamente lungo la schiena.

Poso la guancia in cima alla sua testa e sento le calde lacrime scivolare dal mio viso sul cuscino. Il suo dolore è talmente profondo che riesco a viverlo pure io, e darei qualunque cosa per sapere cos'altro dire per aiutarlo a sentirsi meglio. Quello che sta passando è più grande di una qualsiasi delle mie paure, il suo strazio talmente più profondo. Voglio dirgli che farei qualunque cosa per lui e che può contare su di me come una presenza costante nella sua vita. Invece, mi limito a tenerlo stretto. Lo abbraccio come se fossi nata per fare solo quello, come se lo potessi fare per sempre, perché so di poterlo fare.

Saranno passati solo pochi minuti, o magari addirittura alcune ore, ma a un certo punto nell'oscurità finalmente lui soccombe al sonno ed è con i suoi respiri calmi, regolari che comincio a sentirmi in pace con me stessa. Chiudo gli occhi e lo tengo stretto finché non mi addormento accanto a lui.

27

I genitori di Gabe sono rientrati dall'ospedale a mezzanotte passata. Abbiamo scambiato ben poche parole sull'accaduto, tutti provati da quel calvario. La signora Darcy mi ha assicurato che Maggie stava molto meglio e non era arrabbiata con nessuno di noi, ma questo non ha attenuato il senso di colpa che ho provato per il mio ruolo in questa circostanza. Portarla in ospedale è stata la cosa giusta da fare, ma Maggie deve aver creduto che tutti fossero contro di lei.

I miei genitori mi hanno lasciata salire in camera per andare a letto dopo un semplice "buonanotte" e senza chiedere ulteriori spiegazioni. Quando ho aperto gli occhi la mattina dopo, al suono della sveglia, mia madre era sulla soglia per dirmi di rimettermi a dormire e che sarei potuta entrare a scuola alla terza ora. Ero preoccupata per quello che poteva pensare Gabe non trovandomi davanti al mio armadietto stamattina, così gli ho mandato un messaggio per fargli sapere che sarei entrata più tardi, ma lui non ha risposto.

Quando la sveglia suona per la seconda volta, mi sveglio già in preda all'ansia. Ho lo stomaco sottosopra, come se mi trovassi in mezzo al mare durante una tempesta, e devo usare ogni strumento fornitomi da Laura per calmarmi abbastanza da scendere dal letto. Non sono in ansia per me stessa, sono a pezzi per la sofferenza che ho letto negli occhi di Gabe. Controllo il telefono, ma lui non ha risposto.

Una volta pronta, vado a scuola in macchina con un misto di attesa e terrore. Devo trovare Gabe. Faccio una rapida puntata in segreteria per ritirare la giustificazione per il ritardo e poi corro in classe. Sono delusa quando non lo trovo davanti al mio armadietto all'ora di pranzo. A fine giornata la delusione è diventata preoccupazione. Anche se dovrei passare la sesta ora a dare una mano per l'organizzazione del ballo, passo la maggior parte del tempo a controllare il telefono per vedere se Gabe mi ha risposto. Per quanto cerchi di concentrarmi sui compiti che ho da smaltire, la mia mente continua a tornare a lui. Quando finalmente suona l'ultima campanella, un nodo di terrore mi contorce lo stomaco. Non lo sento da tutto il giorno e a questo punto nemmeno i respiri profondi o la riformulazione dei miei pensieri mi aiutano a eliminare la sensazione angosciante che lui non stia bene.

Salto l'ultimo viaggio al mio armadietto e mi dirigo in fretta al cancello principale. Il mio pollice vola sul display del telefono, per digitare un altro messaggio, quando sento il brusio attorno a me fermarsi di colpo. Nei film horror, sai che sta per succedere qualcosa di brutto quando la musica diventa più forte e ogni movimento del protagonista sembra amplificato. Ma oggi, mentre corro distrattamente verso la macchina, la colonna sonora della mia giornata si ferma e mi rendo conto che qualcosa non va! Ero talmente ansiosa di raggiungere l'auto che non mi sono nemmeno accorta che stavo attraversando il campo dove si allenano le cheerleader. Oggi ho sconfinato nel territorio di Elle, passando proprio in mezzo alle ragazze, che hanno smesso tutte di parlare.

Attendo che mi travolga la paura. Ho espressamente evitato questo momento per settimane, programmando con attenzione le mie uscite in modo da non dover affrontare questa sfida. I miei occhi incontrano quelli di Elle e osservo il suo viso irrigidirsi per il disagio. C'è una nuova emozione che sgorga nel mio cuore mentre tengo gli occhi fissi nei suoi. Per la prima volta, da quando è cominciato tutto questo casino, provo pena per lei.

Sarebbe stato facilissimo lanciarle delle granate emotive. So di lei esattamente quanto lei sa di me. Anch'io avrei potuto spifferare segreti che l'avrebbero danneggiata a livello personale e sociale. Ci ho pensato, e se devo essere sincera sono stata molto vicina ad abbassarmi al suo livello. È stato un percorso accidentato, ma in cuor mio ora so che sono cresciuta come persona. Sono riuscita a superare le macerie che mi ha fatto crollare addosso disintegrando la mia amicizia e la mia reputazione. È qui che entra in gioco la pietà. Riesco già a vedere il rimorso nascosto malamente dietro la sua espressione. La divorerà dall'interno, e lo so perché la conosco bene. Non è sempre stata cattiva, e questo fa risaltare molto di più l'oscurità dentro di lei, perché ho avuto modo di vedere moltissima luce.

Mentre sono qui di fronte a lei, le ragazze alla sua sinistra saltano giù dalla torre che stavano componendo e tutti gli occhi si concentrano per capire cosa sta succedendo nella piccola zona d'erba tra la scuola e il parcheggio. Sembra il momento del duello in un vecchio film western. L'aria tra noi diventa densa per la tensione, e le altre ragazze ci osservano incuriosite, chiedendosi chi sparerà il primo colpo e chi alla fine riuscirà ad andar via sulle proprie gambe. Ci sono tantissime cose che vorrei dirle, ma mentre si affollano nella mia mente in rapida successione mi rendo conto che nulla di ciò che potrei dire cambierà chi è lei e cos'ha fatto. La conosco come un libro aperto, il modo in cui torce il labbro quando sta per mentire, il respiro profondo che fa mentre cerca di restare calma e la piccola ruga che le compare sulla fronte quando è indecisa sul da farsi.

Non mi nascondo più da lei. Faccio qualche passo deciso nella sua direzione e lei sposta nervosamente il peso da un piede all'altro, spingendomi a domandarmi se si sente in colpa per tutti i danni che ha provocato. «Ciao, Elle.» Ho evitato questa conversazione per troppo tempo e adesso rimpiango di aver trascorso queste ultime settimane a cercare un modo per comunicarle quanto mi abbiano fatta soffrire le sue azioni. Adesso so che è stato un bene non averlo fatto. È ovvio per chiunque, inclusa lei. Sa esattamente cos'ha fatto alla nostra amicizia e al mio cuore.

«Posso parlarti per un minuto?» chiede con cautela. «Visto che non rispondi alle chiamate o ai messaggi.» Mi dispiace per Elle. Adesso capisco che sta soffrendo anche lei, ma non ho intenzione di prendermi alcuna responsabilità per questo dolore. Ho continuato a rispettare la nostra amicizia e questo mi permette di tenere la testa alta mentre faccio cenno di no.

«Non c'è nulla che tu possa dire, Elle.»

«Posso dire che mi dispiace.» Praticamente sta sussurrando.

«Magari bastasse per sistemare le cose.» Mi si serra la gola per l'emozione, ma non è dolore ciò che provo. È chiusura. La nostra amicizia è finita. «Anche se ti perdonassi, non riuscirò mai più a fidarmi di te. E cosa resta di un'amicizia quando non c'è più la fiducia?»

Il suo viso si contrae. La osservo piangere per la prima volta da quando ha deciso di spezzarmi il cuore. «Niente» risponde. Io annuisco e comprendo che adesso è il suo turno di soffrire. In questa esperienza abbiamo perso tutti qualcosa.

Rosie fa un passo avanti e viene ad abbracciarmi. È stata la mia cheerleader personale in tutta questa faccenda. Sento il sollievo irradiare da lei mentre le sue braccia calde mi stringono forte. Quando fa un passo indietro mi rivolge un sorriso triste. C'è un evidente cambiamento nella dinamica del gruppo. Come se molte di quelle ragazze stessero aspettando che io sia abbastanza coraggiosa da affrontare Elle e prendere una decisione sul suo ruolo nella mia vita. Adesso che la guerra è finita, nessuno sentirà più la pressione di dover scegliere da che parte stare. Mi sono finalmente liberata da questo esilio autoinflitto.

Ho trovato qualcuno che si è rivelato un amico sincero in queste ultime settimane, e quello che Elle mi ha offerto in passato come amica adesso impallidisce se paragonato al tempo che ho passato con Gabe. Mi sono anche avvicinata ad Angie e ad alcune altre ragazze con cui ho organizzato lo scherzo dei diplomandi. Non ho bisogno di lei. «È stato un piacere vedervi tutte» dico. «Devo scappare. Buon allenamento.» E con questo, mi volto per dirigermi verso il parcheggio, cercando con tutta me stessa di trattenere il sorriso che smania per sbocciare sulle mie labbra.

Salgo in macchina e chiudo gli occhi. Espando i polmoni, facendo un respiro profondo e buttando fuori tutta l'aria. Percepisco il lieve tremore nelle mie mani, conseguenza dell'adrenalina che mi ha aiutato a superare quella situazione imbarazzante. Nella quieta sicurezza della mia macchina i pensieri rivolti a Gabe si affollano nella mia mente. Quando esco dal parcheggio decido di andare a casa sua. C'è un pensiero che mi assilla: forse non è venuto a scuola perché è successo qualcosa a sua sorella.

Quando mi fermo lì davanti, il vialetto è deserto. Mi rendo conto di quanto ho sperato che fosse qui, ma è evidente che non c'è. D'un tratto è come se chilometri di distanza si insinuassero tra noi. Ho creduto che quello che è accaduto ieri sera avesse intensificato il nostro rapporto, ma forse sono l'unica a pensarla in questo modo. Devo ricordarmi che abbiamo entrambi dei demoni da combattere, ma mentre io sono vicina al superamento degli eventi che hanno sconvolto il mio mondo, il demone con cui sta lottando Gabe non scomparirà mai. Sarà sempre terrorizzato da ciò che potrebbe accadere a sua sorella.

Guido senza meta per un po', non sono pronta per rientrare a casa. Finisco in un piccolo parco giochi in cui mi portava la mamma quando ero piccola e decido di parcheggiare dietro l'enorme albero che ne delimita il confine. Prendo lo zaino e mi dirigo verso una zona erbosa all'ombra. Trascorro le successive due ore lì, a finire i compiti e a guardare i bambini che giocano nella sabbia mentre le mamme chiacchierano.

Ho alcune cose da recuperare, sono rimasta indietro quando ieri ho lasciato il consiglio studentesco e oggi non ho seguito la sesta ora. Tiro fuori il telefono dallo zaino e chiamo Angie. Lei risponde al terzo squillo. «Ciao, Everly.»

«Ciao, Angie. Scusa se non sono stata di grande aiuto negli ultimi giorni. Mi chiedevo se hai qualche minuto per parlare del raduno di domani.» Non ho molta voglia di organizzare qualcosa in questo momento, ma nelle settimane precedenti ho imparato che non posso ritirarmi da tutto solo perché le cose potrebbero non andare a modo mio.

«Certo.»

«Puoi dirmi dove siamo arrivati finora? Oggi non ci stavo tanto con la testa.» Concedermi qualche ora al parco mi ha aiutato a schiarire la mente. Devo sapere cosa sta succedendo a Gabe, ma per il momento non c'è nulla che io possa fare. Dovrò aspettare che sia lui a farsi sentire.

«Abbiamo distribuito le schede elettorali per ciascuna classe, così possono votare il miglior invito al ballo. La prof Cramier e il coach Carter faranno lo spoglio domani mattina e il prof Eager creerà la slide che apparirà alle tue spalle quando annuncerai il vincitore.» Sento il rumore di una cerniera seguito da pagine che vengono sfogliate. «Abbiamo anche votato una playlist per l'ingresso e l'uscita degli studenti. Scatterò una foto e te la manderò così saprai quando entrare in scena.»

«Grazie, Angie. E grazie per tutto l'aiuto che mi hai dato nelle ultime settimane. Non ce l'avrei mai fatta senza di te.»

«È stato divertente. Sapevo che saresti stata fantastica come responsabile delle attività. È stata una figata organizzare tutto insieme a te.» Le sue parole significano molto per me e sento le labbra curvarsi in un sorriso. Ce l'ho fatta. Sono riuscita ad adempiere ai miei doveri e ho proposto idee che sono piaciute a tutti. È una bella sensazione.

«Grazie ancora. Ci vediamo domani.»

«Figurati. A domani.» La comunicazione si conclude e io rimetto il telefono nello zaino quando vedo che non ci sono altri messaggi. Con l'avvicinarsi della sera, i visitatori del parco cominciano a radunare le proprie cose e io seguo il loro esempio, mettendo via i libri. Il telefono suona nella tasca. Faccio scorrere il dito sullo schermo e compare un messaggio, e io provo sollievo per la prima volta nella giornata.

GABE: Vieni a guardare gli aerei con me?

28

La strada secondaria che conduce al parcheggio in cui so che troverò Gabe è affollata di operai che lasciano le fabbriche di questa zona della città. Non gli ho nemmeno risposto, troppo ansiosa di raggiungerlo il più in fretta possibile. Quando alla fine fermo la macchina nel primo parcheggio vuoto, provo un'ondata di sollievo quando vedo il suo pickup al solito posto. Dovevo saperlo che sarebbe stato qui.

Non si muove quando raggiungo il cassone. Tiene gli occhi fissi al cielo. «Ciao» gli dico.

«Ciao» replica lui. Lo osservo per qualche istante, studiando i suoi occhi stanchi e l'espressione sconfitta che ha sul viso. Mi appoggio contro il portello abbassato, seguendo il suo sguardo. Sento lo spostamento del veicolo quando lui si appoggia su un ginocchio, allungando la mano per aiutarmi a salire.

La mia anima ha desiderato il suo tocco per tutto il giorno, ed è con grande sollievo e felicità che intreccio le dita alle sue e gli permetto di sollevarmi abbastanza in alto per posare le ginocchia sul freddo, duro metallo sotto di noi. Lo osservo sistemarsi sopra la coperta piegata, ma i suoi occhi non tornano al cielo sopra di noi, guarda intensamente i miei mentre solleva il braccio invitandomi a sdraiarmi sul suo petto.

Mi accoccolo su di lui, chiudendo gli occhi e lasciando che il suo calore mi pervada. Non c'è nulla di più importante in questo momento dello stare con Gabe. Tutta la mia attenzione è rivolta alla sensazione dei suoi muscoli tesi sotto di me. Trovo strano che non odori di cloro, l'odore che ho imparato ad associare a lui. La sua mano si posa in cima alla mia testa e la accarezza verso il basso, catturando le punte dei miei capelli tra le dita come ha fatto ieri sera.

«Mi dispiace» dice sottovoce. I suoi occhi tornano verso il cielo sopra di noi. La sua mascella sembra tesa e i suoi occhi tormentati.

«È tutto okay.» Lascio scorrere la mano sul suo petto, cingendolo con il braccio. Lui scuote la testa.

«No. Mi sono occupato di alcune cose. Avevo bisogno di un po' di tempo per mettere ordine tra i pensieri. Non è stato bello ignorare i tuoi messaggi, quindi grazie per avermi perdonato.» Non so bene cosa dire, così non dico nulla. «Voglio condividere con te una delle cose su cui ho riflettuto.» La sua mano scorre di nuovo tra i miei capelli, ma non arriva sino alle punte. Invece, le sue dita si muovono leggermente lungo la mascella e le sue labbra incontrano le mie ancor più delicatamente.

Proprio sopra di noi un aereo fende il cielo che si sta oscurando, producendo un forte e poderoso ruggito al suo passaggio. Gabe interrompe il nostro bacio e lentamente sposta le dita sotto il mio mento. Con gli occhi ancora fissi nei miei, allunga una mano accanto a sé e prende il taccuino ormai familiare per poi posarlo sul proprio petto. Mi sta invitando a leggere ciò che ha scritto e io mi sento onorata e terrorizzata allo stesso tempo.

«Sei sicuro?» gli chiedo, mentre le mie dita si muovono sulla copertina. Lui mi rivolge un sorriso teso e un lieve cenno di assenso. Mi sposto per sdraiarmi a pancia sotto, la parte alta del corpo sostenuta dai gomiti. Quando apro il taccuino riesco a vedere che alcune pagine sono state strappate. Brandelli di righe scarabocchiate e sbavature di inchiostro nero sono visibili su diverse strisce di carta che non è riuscito a rimuovere del tutto. Lascio scivolare la punta delle dita sulle lettere, tracce che mi spezzano il cuore perché so quanto dev'essere stato difficile ciascun tentativo di scrivere questa lettera.

Quando finalmente raggiungo la prima pagina rimasta intatta, lui infila una mano in tasca e vi posa in cima un foglio spiegazzato. «Forse prima dovresti leggere questa.» La sua voce è profonda e monocorde. Deglutisco per mandar giù il groppo che ho in gola e mi accorgo che mi sto mordendo troppo forte il labbro inferiore nel tentativo di tenere a bada le mie emozioni. Il suo pollice preme sulla pelle morbida sopra il mio mento e libera il labbro intrappolato. Vi fa scorrere la punta ruvida del dito prima di infilarsi la mano dietro la testa.

Sembra così importante questa lettera; deve averla letta almeno un milione di volte. Il foglio è un po' consunto in alcuni punti, comincia a mostrare la propria età. La grafia è febbrile, l'inclinazione e il tratto indicano che si tratta di un autore femminile. Il mio cuore quasi smette di battere quando vedo che è indirizzata direttamente a Gabe. Non c'è da meravigliarsi che abbia portato il peso del tentato suicidio di Maggie sulle proprie spalle. Negli occhi sento il pizzicore delle lacrime prima ancora che riescano a metabolizzare il messaggio.

Carissimo Gabriel,

Sono proprio stanca. Il dottore ha detto che non c'è nessuna cura per le montagne russe su cui mi trovo. Quando arrivo in cima provo tantissima gioia. Sembra che splenda sempre il sole, anche nell'oscurità, e la mia anima si sente colma e in pace. Adesso so che mentre io vivo al massimo quassù, tu trattieni il respiro e aspetti che piombi di nuovo a terra. Ed è esattamente ciò che faccio. La discesa è rapida e inconcepibile, e si conclude con questa intollerabile sofferenza che non sono mai riuscita a descrivere a parole.

So che starai pensando che ero fuori di testa quando ho scritto questa lettera, ma ti assicuro che non sono mai stata tanto lucida. Qualche giorno fa ero talmente a terra che non sono nemmeno riuscita ad alzarmi dal letto. Oggi mi sono svegliata con la mente più lucida e ho capito che era meglio dar voce a ciò che provo finché mi è possibile, perché non c'è alcuna garanzia che domani non mi ritrovi di nuovo a terra.

Ti voglio bene e ti chiedo di perdonarmi per questo. Fidati, la tua vita andrà molto meglio… sarà persino più allegra. Io sarò sempre un cancro per la nostra famiglia e questo finirà soltanto quando non ci sarò più. Immagina una vita in cui non devi preoccuparti mai più di me! Ti prego, di' a mamma e papà che gli voglio bene. Nessuno avrebbe potuto fermarmi, quindi non dubitate di non aver fatto tutto ciò che era necessario. Ho vissuto finora sentendomi molto amata e preziosa. La battaglia è tutta dentro di me e io non riesco più a combatterla.

Ti voglio bene,

Maggie

Chiudo gli occhi e lascio che le lacrime mi scivolino

lungo le guance. Gabe mi asciuga il viso. Non diciamo una parola; restiamo lì in silenzio per un minuto mentre io ripiego il foglio. Lui lo prende e lo rimette in tasca. Mi chiedo se è sempre stato lì. Osservo il suo viso quando abbassa gli occhi sul taccuino sotto di me, la sua risposta a questo straziante addio.

Maggie,

La diagnosi della tua malattia ci ha colpito tutti duramente, ma non ha mai cambiato ciò che trovo per te come sorella. Sei stata dal principio una stella splendente, talmente luminosa che l'unica cosa che ho sempre sentito di poter fare era correre dietro la tua luce. Sarò felice di farlo per il resto della nostra vita. Ti sbagli quando dici che sto aspettando ai piedi delle tue inevitabili montagne russe. Se ti sforzassi di guardare meglio vedresti che sono seduto proprio accanto a te. Saliamo insieme, scendiamo insieme. Se ti uccidi, ucciderai una parte di me.

Mi chiedi di perdonarti per esserti tolta la vita. Mi sono serviti molto tempo e parecchia terapia, ma per te lo farò. Farò qualunque cosa per te, ma ho bisogno di sapere che perdonarti non è un evento che si ripeterà una volta sola. Dovrei perdonarti per ogni momento della mia vita in cui ti vorrei accanto, e visto che sei la mia sorella maggiore sarà un bel po' di perdono. Dovrei perdonarti quando mi diplomerò (e questo sarà un grosso traguardo visto che la scuola per me non è facile come lo è per te), il giorno del mio matrimonio, alla nascita dei miei figli e ogni volta che sarei tentato di prendere il telefono per raccontarti qualcosa. Sarebbero milioni di momenti che verrebbero privati della più completa felicità perché tu non ci saresti.

Dici che non c'è nient'altro che avrei potuto fare, ma questo non impedirà alla mia mente di continuare a cercare una soluzione al problema. Mi domanderei: avrei potuto sforzarmi di più? Ascoltare di più? Venire a casa un po' prima? Questo sarebbe il cancro che ti lasceresti alle spalle... il minuscolo seme del dubbio che metterebbe radici e prenderebbe il sopravvento nella mia mente e nel mio cuore.

Non arrenderti, Maggie! Non posso prometterti che sarai sempre in cima alle montagne russe, ma posso garantirti che se ti ucciderai rinuncerai a ogni possibilità di risollevarti al di sopra della sofferenza che c'è in fondo.

Cercherò di perdonarti perché ti voglio bene. Farò del mio meglio ogni giorno, se la tua decisione è quella di lasciarci, ma sarà uno sforzo molto più estenuante di quello di restarti accanto quando ti senti giù. I ricordi felici di te nella mia vita ben presto saranno cancellati dai giorni in cui proverò un vuoto doloroso senza la tua presenza.

Quindi che cosa dici, Maggie? Allacciamo le cinture su queste montagne russe con partenza dall'inferno e procediamo finché non abbiamo memorizzato le curve e con-

quistato ogni centimetro di percorso? Procediamo ogni giorno finché non avremo imparato come restare saldi a bordo.

Ti voglio bene in questa vita e oltre,

Gabe

29

Il cielo è scuro sopra di noi quando chiudo il taccuino di Gabe e rotolo a pancia insù, stringendolo forte al petto. «Credo tu sia molto più coraggioso di me. La tua lettera è bellissima e a suo modo perfetta, anche in una situazione tanto terribile. Credo che lei pretenda troppo chiedendoti di accettare la sua decisione di uccidersi. Ho pensato molto a Maggie ultimamente, e per quanto ci ragioni, non riesco proprio ad arrivare al punto di dirle che dovrebbe arrendersi. So che non sarei in grado di farlo per mia sorella se me lo chiedesse.» Mi volto verso di lui per poterlo guardare in quegli occhi meravigliosi.

«Ho analizzato la situazione da ogni angolazione possibile» ribatte lui. «Non riuscirei a star bene se arrivassi a comprendere la sua situazione. La mia accettazione deriva dal fatto di non avere altre scelte. Posso ostacolarla in questo senso, e lo farò, ma quando ho fermato la macchina e vi ho viste correre la vostra triste gara, ho capito che non ho assolutamente voce in capitolo nella sua decisione di togliersi o non togliersi la vita.

«Posso parlarne con lei, supplicarla, complicarle le cose, ma alla fine lei farà la sua scelta con o senza – forse anche nonostante – il mio sostegno. La mia determinazione a fermarla, per lei, è diventata la ragione per andare avanti con il suo proposito. Mi sta letteralmente a guardare mentre esco di testa per la sua malattia, e questo la sta logorando. Tu non pensi di poterlo fare per tua sorella, ma potresti pensarla diversamente se fossi nei miei panni.» Si protende verso di me e mi posa un bacio delicato sulla fronte.

Il ruggito di un motore perfora di nuovo l'aria ed entrambi guardiamo insù le luci dell'aeroplano che sfreccia nel cielo sopra di noi. Poso la mano sul suo torace e lui la copre subito con il palmo caldo. «Il mio terapista l'altro giorno mi ha detto che in Paradiso decidiamo cosa dobbiamo imparare sulla terra. Stipuliamo dei contratti con altre anime e poi torniamo qui per tener fede a quei contratti divini. Non so se ci credo, ma l'idea infonde una certa serenità. Forse Maggie e io stiamo tenendo fede a un contratto di abnegazione.» Fa un respiro profondo, dando qualche buffetto alla mia mano. «O forse lei è la mia lezione per imparare a lasciare andare qualcuno.»

Mi sollevo per potergli dare un bacio rassicurante sulla

guancia. «E allora il nostro contratto qual è?» gli domando, lasciando vagare lo sguardo lentamente sul suo viso.

Un sorriso curva gli angoli della sua bocca. Intreccia le dita alle mie e si avvicina per sussurrarmi: «Amore incondizionato, naturalmente». Le sue calde labbra incontrano le mie con una certa esitazione e io chiudo gli occhi, sentendo le sue parole penetrarmi sotto la pelle. Mi ama. Capisco che lo amo anch'io, e lo amerei anche se il mio cuore rischiasse di uscirne malconcio. C'è qualcosa nel suo modo di fare – i piccoli gesti, le parole vergate in modo perfetto – che mi ha fatto innamorare di lui e continua a farmi innamorare più di quanto ritenessi possibile. Riempie il mio cuore in modo così totale che in pratica sta per esplodere... eppure ogni giorno c'è qualcosa in più.

«Direi che mi piace questa concezione di vita e morte» rifletto. «Dà valore universale anche a ciò che sembra senza senso. Brady mi ha scaricata e il mondo ha continuato a girare come se non avesse importanza che io stessi andando in pezzi. Forse si è trattato di qualcosa che avevamo già risolto ancora prima di nascere. Lui è stata la *mia* lezione per imparare a lasciare andare qualcuno...»

«E tu sei stata la sua lezione per imparare a non lasciarsi sfuggire qualcosa di bello. Forse ancora non lo capisce, ma io sì. Ti ho osservata guarire... ti ho vista leccarti le ferite e sanarle, lo strato protettivo che cresceva più spesso su ogni cicatrice. Con le sue azioni contro di te, ti ha fornito un'armatura contro di lui. Ha creato le cicatrici che proteggono il tuo cuore da lui.»

«E se un giorno ti rendessi conto che non sono abbastanza per te?» Odio sembrare succube, ma è una ferita che non mi sembra di poter affrontare. Quella paura striscia nei recessi della mia mente indipendentemente da quanto io cerchi di scacciarla via. Mi mordo il labbro inferiore mentre attendo la sua risposta. Il suo palmo caldo mi sfiora la guancia, accarezzandomi il viso e costringendomi a guardarlo negli occhi.

«Questa è facile, Everly. Tu sarai sempre abbastanza.» Faccio per scuotere la testa, ma lui ride e mi tiene ferma. «Ma se un giorno mi svegliassi tanto fuori di testa da metterlo in dubbio, mi ricorderò che non si è mai trattato di te o di me, ma di noi. Se sembrerà che manchi qualcosa, allora dovremmo soltanto diventare qualcosa di più. Insieme.» Non posso fare a meno di arrossire. So che lui se ne accorge mentre mi sfiora la pelle con il pollice.

Mi puntello su un gomito per poterlo guardare negli occhi. Riesco a vedere la sincerità e le piccole rughe di ilarità attorno ai suoi occhi. I miei capelli ricadono attorno a noi e lui vi infila entrambe le mani, scostandoli con le dita dai nostri volti. È in questo momento che la debole fitta di dolore che provo per la mia vita con Brady svanisce… cancellata dal mio cuore dal rapido sfarfallio provocato da Gabe. Il suo sorriso scompare per un istante mentre osserva il mio viso. Se non lo ritenessi impossibile, penserei che mi ha letto nel pensiero. Le sue dita si irrigidiscono mentre attira le mie labbra verso le sue.

La mia mano è infilata nella sua felpa adesso e io cerco di assorbirlo come l'aria che respiro, mentre le nostre bocche danzano insieme dolcemente. Sorrido contro le sue labbra e lui ricambia il gesto, tirandomi indietro i capelli e tenendoli alla base della nuca mentre la sua lingua penetra lentamente nella mia bocca, in cerca di ulteriore connessione.

Mi scopro a tremare, per l'aria fresca della sera e naturalmente per come mi fa ribollire il sangue. Lui ride e allunga una mano verso l'angolo del furgone per prendere un'altra coperta lì piegata. La svolge e la sistema addosso a entrambi mentre lo bacio sul collo e la mascella. Una volta sistemata la coperta, posa una mano sul mio fianco, sfiorandomi delicatamente le costole e attirandomi a sé. Faccio scivolare la gamba sulla sua e sento il calore della sua coscia sul pube.

Un altro aereo vola sopra di noi, diretto verso qualche destinazione sconosciuta, l'unica compagnia che abbiamo in questo parcheggio deserto. È delicato e naturale, il modo in cui i nostri corpi si muovono insieme, inarcandosi e allungandosi per ciò di cui abbiamo bisogno e connettendoci in un modo che sembra molto più profondo del solo aspetto fisico.

Chiudo gli occhi mentre il suo viso graffia il mio, mentre mi percorre il mento e mi bacia il collo. Inclino la testa indietro e gli offro maggior accesso, infilandogli le dita tra i capelli e tenendolo vicino. La sua mano scivola sotto la mia maglietta e mi percorre la schiena finché le sue dita non sganciano il reggiseno. Allontana la testa per guardarmi negli occhi e nei suoi leggo la domanda. Annuisco e faccio scivolare le dita sotto l'orlo della sua maglietta.

La sua mano si sposta senza fretta sul mio petto, esplorandolo delicatamente. Quando le mie dita diventano più ansiose, si allontana in fretta e si sfila maglia e felpa insieme. La sua pelle è calda e io faccio scorrere le mani sulla solida pianura del suo petto e poi più in basso, sui muscoli tesi dell'addome. Si guarda attorno per un secondo prima di esporre la mia pelle. L'aria fresca della sera mi fa venire la pelle tocca, ma lui risponde a quella fredda carezza con il suo calore mentre mi sovrasta, protettivo. Le sue labbra si muovono determinate verso il mio orecchio e il punto sensibile appena sotto il lobo.

La sua mano scivola lungo il mio fianco, e fino alla cerniera. I minuti successivi sono una danza di lievi baci e tocchi delicati. Gli strati che ci separano vengono rimossi uno alla volta. Lui sposta il corpo di fianco e mi fa voltare, sistemandosi dietro di me così può tenermi stretta.

Le sue labbra mi sfiorano la nuca, le sue mani mi scostano i capelli. Sento il calore della scia di baci che lascia lungo la mia spina dorsale. Gabe allunga la mano per prendere la coperta la tira sopra le nostre teste, creando un piccolo spazio in cui racchiudere un mondo tutto nostro, dove nessuno può vederci.

Dovrei essere agitata, ma non lo sono. Dovrei rimuginare su ogni passo che sto facendo per avvicinarmi a questo splendido ragazzo, ma è impossibile quando tutto ciò cui riesco a pensare è a quanto sembri incredibile essere accettata per ogni parte di ciò che sono. E forse qui – sotto questa coperta, nel retro del suo pickup – non ci stiamo veramente proteggendo dal peso del mondo esterno, ma per stasera è abbastanza… Noi siamo abbastanza.

30

Gabe mi tiene stretta finché non è ora di tornare a casa. Mi è sembrato di fluttuare, di essere cullata nella pace che deriva dall'abbraccio di una persona forte e sincera. Mi ha baciato sulle labbra con amore prima di riaccompagnarmi alla mia macchina e dirmi che il giorno dopo non sarebbe venuto scuola. Mi ha detto che sta lavorando a qualcosa con il padre, e io non ho fatto domande. Magari ha bisogno di qualche giorno in più per riportare la propria vita a com'era prima che Maggie tornasse in ospedale.

Adesso sono completamente sveglia, il mio cuore batte ancora in fretta per l'eccitazione di aver passato la serata con lui. Sono di nuovo felice e so che ci sono dei rischi in ogni relazione, ma sto cominciando a essere sicura di voler donare il mio cuore a Gabe. Non vedo l'ora di andare da Laura per raccontarle tutti i progressi fatti nell'ultima settimana. Voglio anche chiederle qualche informazione su come sia vivere con una persona che soffre di disordine bipolare e se c'è un modo in cui io possa aiutare Maggie.

Quando rientro a casa, vado dritta in camera mia per finire alcuni compiti per la settimana prossima. Anche se sto cercando di concentrarmi sul lavoro davanti a me, i pensieri si affollano nella mia mente, e invece di scacciarli o di cercare di evitarli, mi prendo un minuto per valutarli in modo da poter usare gli strumenti che mi ha insegnato Laura per affrontare la mia ansia. Scarabocchio le mie domande e rifletto su alcune delle mie paure con la tecnica che ho imparato a usare.

Situazione: Gabe mi ama.

Emozioni: Gioia, euforia, paura, ansia.

Pensieri controproducenti: Non mi conosce ancora bene e quando lo farà si renderà conto che non valgo niente.

Pensieri alternativi: Non sa tutto di me, ma mi ama già. Laura dice che la seconda volta che ci si innamora è *addirittura più facile perché so già come costruire una relazione ed esprimere i miei desideri e le mie necessità.*

Sento gli occhi riempirsi di lacrime quando scrivo il secondo pensiero alternativo che non ho mai creduto potesse sembrare plausibile: *Da sola sto bene e sopravvivrò qualunque cosa succeda.*

Per il resto della serata, prima di addormentarmi do una scorsa a ciò che annuncerò al raduno di domani. Sono nervosa al pensiero di parlare davanti all'intero corpo studentesco, ma l'ansia che ho provato durante gli ultimi raduni è decisamente diminuita rispetto all'inizio dell'anno scolastico. È un altro aspetto della mia vita che ho affrontato a testa alta e conquistato. Penso al mio obiettivo di chiedere a qualcuno di venire al ballo con me entro lunedì. Non ho ancora deluso Laura, ma il lasso di tempo per invitare Gabe si sta riducendo rapidamente e non ho ancora trovato il coraggio di parlargliene. Ma se volesse venirci con me, non me lo avrebbe già chiesto? Se glielo chiedessi io, sarebbe la prima volta che invito un ragazzo, e non sono sicura di riuscire a dire le cose giuste quando sono sola con lui e il mio nervosismo.

Gli mando un messaggio mentre mi infilo a letto, chiamando a raccolta tutto il mio coraggio per trovare un momento per chiedergli se mi accompagnerà al ballo.

IO: Mi manchi già. Ci possiamo vedere domani sera?

La sua risposta non arriva subito e io resto lì a riflettere su come è cominciata tra noi. Sono arrivata a questo punto nell'ultimo mese, e la sensazione travolgente della gratitudine mi scalda il cuore e mi provoca un groppo in gola. Gabe è stato la luce che ha illuminato il luogo in cui mi trovavo, che mi ha permesso di capire che, se il percorso che ho fatto con Brady doveva giungere a una fine, ce ne sono molti altri nuovi ed eccitanti da percorrere.

GABE: Anche tu mi manchi. Sto ancora lavorando a quel progetto con mio padre. Mi farebbe molto piacere vederti domani sera. Vorrei portarti a mangiare fuori e a vedere un film se ti va.

IO: Certo. Mi piace l'idea. Ci vediamo domani.

Non ho il coraggio di fargli un invito coreografato, anche se ultimamente devo ammettere che l'idea di qualcosa di estremamente romantico mi sembra sempre più allettante. Chiudo gli occhi e mi lascio andare al sonno, organizzando il percorso che dovrò fare domattina dopo essermi allacciata le scarpe da corsa. Un po' alla volta, la mia vecchia vita sta tornando da me.

È venerdì e mi sto pentendo di aver corso tanto stamattina. È bello riavere indietro le mie energie e schiarire la mente mentre macino chilometri, ma adesso sento le conseguenze del mio entusiasmo. I miei piedi protestano, e vacillo per un istante prima di ricordare come si cammina elegantemente su otto centimetri di tacco.

Il vestito di Rosie mi sta un po' più stretto di una volta, ma non me la sono sentita di chiedere ai miei di comprarmene uno nuovo per un raduno di mezz'ora. Il tessuto liscio e azzurro che fascia ogni curva, scollato davanti e dietro, ha richiesto un reggiseno davvero scomodo che non sta proprio facendo il suo dovere a livello di sostegno. Le paillettes lungo il corpetto catturano la luce e riflettono un luccichio sulle pareti attorno a me. Sorrido quando mi rendo conto che le mattonelle rosa di questo bagno dopotutto non sono tanto orrende. Le risatine e le conversazioni eccitate delle altre ragazze del consiglio studentesco mi infondono calore e felicità. «Vieni qui, Everly!» mi chiama Angie mentre solleva il telefono.

«Quanti selfie devi ancora fare?» la sfotto, mettendole un braccio attorno alle spalle e facendo una boccaccia mentre lei scatta la foto.

«Ancora qualcuno. Non riesco a credere che il nostro ultimo anno di liceo sia quasi finito» dice, scorrendo le ultime foto che ha scattato. Sbircio da sopra la sua spalla per vedere le foto di noi che compriamo i tricicli per la gara e poi una foto di gruppo di tutti quelli dell'ultimo anno mascherati per la giornata degli Studenti Davvero Anziani. «Non riesco a credere che abbiamo realizzato tutto questo» dice con un sospiro.

«È fantastico, vero?»

Qualcuna delle altre ragazze si avvicina per guardare mentre Angie scorre l'intero album. «Credo che la corsa dei triciclici sia stato il mio evento preferito» dice mentre una foto di Garrett Smith, il difensore della squadra di football, compare sullo schermo in sella a un minuscolo triciclo. Ridiamo tutte per quel ricordo di lui che corre con tanto di casco e stivali da motociclista. Quando le foto finiscono, Angie si volta e mi abbraccia forte. «Mi mancherà organizzare certe cose con te.»

«Mancherà anche a me. Dovresti entrare nel comitato studentesco alla Usc» le dico mentre torno davanti allo specchio sopra i lavandini.

«Non vedo l'ora» replica lei «e spero che valuterai l'idea di farlo anche tu alla Ucla. Hai fatto un ottimo lavoro quest'anno. Eravamo un'ottima squadra.» Si sposta accanto a me per guardarsi allo specchio.

Il mio trucco è un po' più deciso del solito, ma non ho esagerato visto che dovrò indossarlo per tutto il giorno. Ho raccolto i capelli in uno chignon morbido che lascia libero qualche ricciolo. Mi scosto il ciuffo dagli occhi e arriccio le labbra per applicare un altro accenno di gloss. Raddrizzandomi, do una lunga occhiata allo specchio, osservando attentamente il mio riflesso. Le chiazze lasciate dalle lacrime sono un lontano ricordo e non ci sono più cerchi scuri sotto gli occhi. Anzi, gli occhi mi fissano allegri, con un guizzo di eccitazione.

Tra venti minuti suonerà la campanella e gli studenti cominceranno ad ammassarsi sulle gradinate. Con il vestito e il trucco a posto, lascio il bagno e mi dirigo verso la palestra. Sono rimasta in piedi fino a tardi ieri sera per assicurarmi di aver memorizzato tutte le informazioni che dovrò annunciare oggi. L'unica cosa che sarà una sorpresa per me è chi vincerà il viaggio gratis in limousine, perché è tradizione che solo gli insegnanti lo sappiano prima di rivelarlo a tutti gli studenti. Non mi resta nient'altro da fare, quindi incarico i pochi studenti più giovani di assicurare bene i palloncini.

Un paio di braccia sottili mi stringono da dietro, e mia sorella mi bacia sulla guancia. La squadra delle cheerleader eseguirà il suo repertorio e lei è assolutamente bellissima nell'uniforme impeccabile. «Sei una favola!» mi strilla nell'orecchio, e io mi volto ad abbracciarla. La campanella in palestra suona e lei si allontana, mandandomi un bacio mentre torna dalle sue compagne.

Sono abituata a provare un po' d'ansia prima dell'inizio di un raduno, ma oggi c'è anche il terrore di non inciampare sui tacchi. Prendo posto sul podio e osservo il corpo studentesco che si fa strada attraverso la porta e si riversa sulle gradinate. La musica è già partita e alcuni studenti ballano e battono le mani ai loro posti mentre aspettano che il raduno abbia inizio. Non posso fare a meno di sorridere per l'ondata di eccitazione che mi scalda dalla testa ai piedi. Mi lascio addirittura sfuggire una risatina. Ce l'ho fatta. Sono qui davanti a tutti per il raduno del ballo e non ho il cuore a pezzi. La consapevolezza della vittoria è dolcissima.

Con un cenno al direttore delle attività, accendo il microfono e do il benvenuto agli studenti. «Salve a tutti! Spero che siate già tutti carichi per il ballo.» Attendo che il ruggito entusiasta degli studenti si affievolisca prima di continuare. Mentre osservo la folla, i miei occhi si posano su Brady. Non mi fa più battere il cuore né soffrire. Gli sorrido e lui contraccambia. Siamo sopravvissuti a tutto questo. Sono cresciuta e cambiata in moltissimi modi. Sono libera. Lascio che gli occhi vaghino sulla folla festante ancora una volta prima di presentare gli eventi di oggi.

«Inizieremo con l'annuncio dei vincitori del viaggio gratis in limousine. Abbiamo assistito a un sacco di inviti in queste poche settimane, so che sono tutti ansiosi di scoprire chi ha vinto quest'anno.» La gente urla i nomi dei preferiti mentre Brett, il responsabile della musica e nostro batterista, fa un passo avanti in completo scuro e fa risuonare le bacchette sul vecchio podio di legno, creando un rullo di tamburi.

Volevamo fare le cose un tantino diversamente quest'anno. Il piano è che quando io mi volto e indico l'enorme schermo bianco, appariranno i nomi dei vincitori. Attendo che crescano le urla e l'entusiasmo, e quando il rumore è quasi assordante mi volto e indico lo schermo. Con mia grande sorpresa, le luci si spengono, lasciando l'intera palestra nell'oscurità.

Il mio cuore accelera mentre prego in silenzio che i tecnici sistemino il problema prima che gli studenti comincino a lamentarsi. Quando guardo Angie in cerca di rassicurazione, lei sorride e indica il grande schermo sopra di lei, riportando i miei occhi sull'immagine di un furgoncino giocattolo costruito con i Lego. Mi accorgo di aggrottare le sopracciglia quando capisco che somiglia incredibilmente al pickup di Gabe. Guardo con stupore un piccolo aeroplano di mattoncini che decolla sopra il pickup e il rumore di un jet riecheggia attraverso la palestra come la colonna sonora di un film.

Un omino di Lego fa un cenno allo spettatore prima che la telecamera amplifichi la visuale, lasciando intravedere un'altra piccola figura. Capisco subito che dovrei essere io, e mi copro la bocca con le mani, gli occhi pieni di lacrime. Parte il ritmo inconfondibile di *Thinking Out Loud* di Ed Sheeran mentre il ragazzo prende per mano la ragazza, conducendola all'estremità dello schermo, dove c'è un enorme scala di mattoncini che procede verso il cielo.

L'omino le lascia andare la mano e si avvicina al primo

gradino. Lei scuote la testa, ma fa un altro passo avanti. L'omino solleva un sopracciglio provocando una risata generale intorno a me. Mi ero quasi dimenticata di non essere l'unica spettatrice. Eppure non riesco a staccare gli occhi dalle immagini colorate proiettate sullo schermo. Alla fine la ragazza sale qualche altro gradino, fermandosi su quello sotto il ragazzo. Un verso della canzone parla di persone che si innamorano sfiorandosi una mano, e l'omino allunga la sua e prende quella della ragazza, facendola salire accanto a sé e facendola riscendere a tempo di musica. Un sospiro collettivo si diffonde tra il pubblico femminile e le mie labbra si contorcono per il bisogno di ridere e piangere allo stesso tempo.

Mentre me ne sto lì a guardare questa straordinaria dichiarazione di ciò che abbiamo fatto insieme, capisco che nessun altro tra il pubblico capirà che cosa mi sta mostrando esattamente Gabe con questo video. Non so come abbia fatto a crearlo, ma anche se non dovesse mai più fare un'altra cosa per me, questo basterà per sempre. La canzone invita la ragazza a stringere tra le braccia il ragazzo e ad abbracciarlo sotto le stelle mentre il minuscolo Gabe cammina accanto alla minuscola Everly, mano nella mano, e insieme raggiungono la cima delle scale. Quando conquistano l'ultimo gradino, lui la solleva da terra e la fa volteggiare. Non riesco più a trattenere le lacrime che ormai mi rigano le guance mentre osservo i due pupazzetti saltare dal gradino più alto, l'uno tra le braccia dell'altra. Lo schermo diventa nero e le luci in palestra si accendono un pannello alla volta mentre Gabe fa il suo ingresso proprio dalle porte principali.

Resto immobile mentre lui mi sorride timidamente. Indossa uno smoking e ha un bouquet di fiori colorati, in cui arancione e marrone sono del tutto assenti. Quando mi raggiunge, prende il microfono dalla mia mano e mi bacia in fretta sulla guancia. Le gambe mi reggono a fatica e vorrei stringergli le braccia al collo e dirgli quanto questo sia importante per me. Fa un passo indietro e si china su un ginocchio, porgendomi il bouquet e poi cercando la mia mano libera.

L'intera palestra scoppia in un'acclamazione, il mio petto è scosso dalle risate e dalla pura gioia mentre lui si schiarisce la voce e attende che tutti si calmino. Nel giro di qualche secondo in palestra regna il silenzio, tutti sono in attesa delle sue parole mentre mi guarda con quegli occhi straordinari.

«Tanto tempo fa sono riuscito finalmente a parlare con la ragazza dei miei sogni, la creatura più bella che abbia mai visto, in uno dei posti più improbabili. Lei stava cercando di ritrovare se stessa e aveva bisogno di convincere il proprio cuore che era ancora importante. Io dovevo rinunciare alla convinzione di essere il solo a poter salvare qualcuno per riuscire a tenere questa ragazza straordinaria tra le braccia. Adesso abbiamo raggiunto il momento della nostra storia in cui è lei a dover decidere in quale direzione procedere da qui. Allora dimmi, splendida ragazza, vuoi venire al ballo con me e permettere a questa storia di avere il suo per sempre felici e contenti?»

Faccio di sì con la testa e il boato della folla che si alza in piedi ad acclamare travolge la risposta che mi esce di bocca. Gabe si alza e mi stringe tra le braccia facendomi volteggiare in aria. Lo riempio di baci, la gioia di questo momento è quasi sconvolgente. Sposto le labbra vicino al suo orecchio e sussurro le parole che temevo non sarei mai più stata in grado di pronunciare: «Ti amo, Gabe».

RINGRAZIAMENTI

Sarebbe impossibile nominare tutti coloro che hanno avuto un ruolo nel far sì che questa storia prendesse vita. Nel corso degli anni, tantissime storie hanno toccato il mio cuore, e tantissime lacrime sono state versate nel mio studio a causa di cuori spezzati, inevitabili montagne russe, amori non corrisposti e, naturalmente, la perdita di qualcuno. Benché sia sempre personale, certe volte il dolore assume connotati quasi universali. Se mi avete dato fiducia raccontandomi la vostra storia come amica o terapista, vi ringrazio.

Vorrei ringraziare la mia famiglia per il suo sostegno durante la stesura del romanzo. Non dev'essere stato facile vedermi rientrare a casa dopo una giornata in studio e poi rintanarmi per tutta la sera dietro al computer. Mi avete donato il vostro amore e concesso il tempo di inseguire questo sogno e di condividere questa storia. Vi amo tantissimo tutti quanti. Spero che ne siate orgogliosi come lo sono io.

Grazie a tutti i parenti che si sono fatti avanti per offrire sostegno e incoraggiamento. Molti di voi sono stati i primi a leggere questa storia e a darmi un parere. Avete continuato a chiedermi se c'erano novità e a festeggiare ogni successo con me, rendendolo ancora più dolce.

Jaime Angell, non so neanche da dove cominciare per ringraziarti. Sarò sempre grata all'universo per avermi dato un posto nel tuo corso di Inglese. Oggi ti considero una delle mie amiche più preziose. Quando anni fa sono venuta da te con l'idea di partecipare a un concorso di scrittura, non mi hai mai fatto credere che non potessi farcela. Mi hai concesso il tuo tempo libero per sostenere i miei sforzi, e con te al mio fianco ho pensato di poter vincere… e ho vinto. Da allora mi hai sostenuta in entrambe le mie carriere e anche nella vita privata. Grazie, amica mia.

Christina Zeller, ti ringrazio perché hai fatto qualcosa che mi ha scaldato il cuore. Hai dimostrato interesse nella mia storia, l'hai letta con entusiasmo e hai insistito per portarmi fuori a festeggiare il contratto di pubblicazione. Mi hai detto che le donne non fanno sempre abbastanza le une per le altre, e avevi ragione. Quindi, ti ringrazio per essere un'amica e una donna meravigliosa. Sei sensazionale. I nostri ragazzi sono fantastici, e noi saremo sempre delle mamme strepitose, anche nell'organizzare le cose all'ultimo minuto. È così che diamo il meglio.

Grazie a Christine Witthohn per aver creduto in me. Non vedo l'ora di festeggiare molti altri successi con te in futuro. Adoro far parte della tua famiglia di Book Cents. Senza la tua guida e il tuo impegno a mio favore, tutto questo non sarebbe mai accaduto. Mi sento molto fortunata a essere rappresentata da te.

Un grazie speciale va a Catherine Wallace e a tutta la squadra di HarperTeen per aver visto qualcosa nella storia di Everly e Gabe. È stata un'esperienza fantastica! Non vedo l'ora di continuare a lavorare con voi per condividere altre storie di perdita, amore, amicizia e guarigione.

Devo ringraziare pubblicamente Jo Watson. Sei diventata mia amica nel corso degli ultimi anni, da quando è cominciato questo folle viaggio insieme. Non vedo l'ora di vedere dove ci porterà. Sei una scrittrice straordinaria e un'amica fantastica. So che quando ho bisogno di sostegno tu sei a qualche clic di distanza con il tuo accento adorabile e i capelli e le scarpe colorati. Grazie.

Nella stessa collana

D. Paige, *La ladra di neve*

C. Delevingne, *Mirror, Mirror*

L. Facchi, *Il giglio d'oro*

C.Crowley, *Io e te come un romanzo*

H. Fitzpatrick, *Un cattivo ragazzo come te*

L.Patrignani, *Time Deal*

R. Graudin, *Wolf. Il giorno della vendetta*

J. Klein, *Playlist*

K. McGarry, *Un cuore bugiardo*

D. Pearl, *Ruin Me*

L. Rubin, *Birthdate*

P. Zannoner, *L'ultimo faro*

J. Niven, *L'universo nei tuoi occhi*

A. Royer, *Ricordati di dimenticare*

J. McNelly, *Le ragazze vogliono la luna*

A. Plum, *If I Should Die*

G. Moldavsky, *The Boy Band*

C. Ahern, *Flawed*

D. Reinhardt, *Il Club delle Seconde Occasioni*

S. Young, *The Recovery*

S. Young, *The Treatment*

J. Buxbaum, *Dimmi tre segreti*

M. Bedford, *Tutta la verità su Gloria Ellis*

K. McGarry, *Una sfida come te*

R. Graudin, *Wolf. La ragazza che sfidò il destino*

L. Sales, *Resta con me fino all'ultima canzone*

A.G. Bailey, *Perfect*

E. Laure, *La notte che ho dipinto il cielo*

B. Ashton, *Everneath*

A. Plum, *Until I die*

M. McStay, *La strada che mi porta a te*

L. Rubin, *Deathdate*

A. Talkington, *Liv, forever*

S. Bowen, *Prendimi per mano*

S. Perkins, *Il primo amore sei tu*

J. Niven, *Raccontami di un giorno perfetto*

L. Hillyer, *Per un attimo e per sempre*

C. Philpot, *Nemmeno in paradiso*

P. Zannoner, *A piedi nudi, a cuore aperto*

K. McGarry, *Un'estate contro*

E. Cahill, *Regole d'amore per amici confusi*

R. Serle, *Io, Romeo e Giulietta*

S. Young, *The Program*

K. West, *Reflections*

S. Perkins, *Il primo bacio a Parigi*

A. Plum, *Die for me*

V. Roth, *Four*

J. Murphy, *Amore e altri effetti collaterali*

C. Moracho, *Althea & Oliver*

A. Carter, *Spy Girls - Me la cavo da sola ma insieme si spia meglio*

K. McGarry, *Scommessa d'amore*

H. Fitzpatrick, *Quello che c'è tra noi*

E. Lockhart, *L'estate dei segreti perduti*

A. Puleo, *Gli infiniti battiti del mio cuore*

A. Carter, *Spy Girls - Potrei stare ad aspettarti ma è meglio se ti vengo a cercare*

A. Carter, *Spy Girls - Non mi fido di te ma il rischio è il mio mestiere*

V. Roth, *Allegiant*

S. Winnacker, *Alter Ego*

K. McGarry, *Oltre i limiti*

A. Cremer, *Nightshade*

A. Cremer, *Wolfsbane*

E.J. Allibis, *Primal Spirit. Immortal*

E.J. Allibis, *Unika - La Trilogia*

A. Carter, *Spy Girls - Sono come mi vedi ma l'apparenza inganna*

A. Carter, *Spy Girls - Giuro di dire la verità ma tu non credermi*

A. Carter, *Spy Girls - Vorrei dirti che ti amo ma poi dovrei ucciderti*

A. Cremer, *Bloodrose*

E.J. Allibis, *Unika - Il Capitolo Segreto*

E.J. Allibis, *Unika - L'Ultima Porta*

E.J. Allibis, *Unika - La Fiamma della Vita*

V. Roth, *Insurgent*

S. Mlynowski, *10 cose che abbiamo fatto (e forse non avremmo dovuto)*

V. Roth, *Divergent*

K. Cashore, *Bitterblue*

K. Cashore, *Fire*

K. Cashore, *Graceling*

ENTRA NEL MONDO
IN CUI ESSERE LETTORI
FA LA DIFFERENZA!

È ONLINE

YOUNG ADULT
READING CLUB
DeA

COSA ASPETTI? VAI SU

YARC.DEAPLANETALIBRI.IT

E SCOPRI
LA COMMUNITY DI LETTORI
YOUNG ADULT
PIÙ COOL
DEL WEB

DeA